Luisa Francia · Narrengold

Impressum

Luisa Francia
NARRENGOLD
Der Grüne Zweig 217

Fotos und Illustrationen (auch die Umschlagillustration)
von der Autorin
Umschlaggestaltung: Petra Petzold
Satz, Gestaltung, Korrekturen: Petra Petzold, Heiligkreuzsteinach
Druck: Fuldaer Verlagsagentur, Fulda

Verlegt durch:
Werner Pieper & The Grüne Kraft
Alte Schmiede
D-69488 Löhrbach
Fax: 0 62 01 - 2 25 85
eMail: Versand@gruenekraft.com

ISBN 3-922708-35-8

Luisa Francia

NARRENGOLD

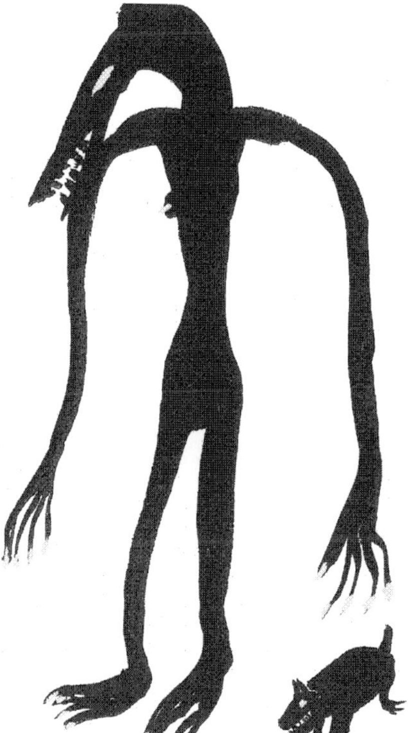

Der Grüne Zweig 217

Personen und Ereignisse
in dieser Krimi-Erzählung sind fiktiv.

Fanta drückt sich hinter den großen Vorratskorb. Die beiden weißen Männer reden auf ihre Mutter ein. Die Mutter schüttelt heftig den Kopf. Ein Huhn pickt sich seinen Weg in die Hütte und fliegt kreischend auf, als die Männer zur Tür stürzen. Fanta hat Angst. Die Mutter wickelt etwas Geld in ein Tuch und gibt es Fanta. Lauf zu Rose und Mamadou, lauf! Fanta läuft, bis ihr das Herz in den Zähnen schlägt. Da bleibt sie stehen und dreht sich um. Sie sieht schwere gelbe Baufahrzeuge auf das Dorf zufahren. Männer springen von einem Lastwagen. Schüsse. Überall brechen Menschen tot zusammen. Wo ist die Mutter? Ein Raupenfahrzeug beginnt, die Hütten plattzuwalzen. Fanta läuft. Sie läuft um ihr Leben.

I.

1.

Das machen sie auch nur, weil wir schwarz sind, sagt die Frau neben mir haßerfüllt. Ich weiß schon alles über sie. Als wir in Paris ins Flugzeug einstiegen, hielt ich ihren Schirm und ihre Tasche, während sie die Schachteln verstaute, da erzählte sie, daß sie Krankenschwester ist. Sie heißt Claire, geboren ist sie in der Nähe von Tessalit in Mali und das ist auch ihr Reiseziel. Sie hat vier Schwestern und drei Brüder, einer sitzt in Paris im Knast, das darf auf keinen Fall der Vater erfahren. Die Mutter hat vierzig Ziegen. Sie schickt Claire jedes Jahr ein neues Foto – von den Ziegen. Das Foto macht Amadou, der jüngste Sohn. Er will Modefotograf werden. Bis jetzt geht er in die Grundschule und hilft in der Bibliothek aus, die über dem Zollbüro ist. Obwohl Claire sauer ist, hat ihre Stimme einen weichen, melodischen Klang und ich falle in ihre Erzähltrance. Ich wünsche mir, immer neben ihr sitzen zu können und dem Gesang ihres Lebens zu lauschen, während mein eigenes Leben verblaßt und die Schärfe des Schmerzes aufweicht in den kleinen Jodlern, die sie herausschleudert, wenn sie besonders wütend ist. Recht hat sie ja. Seit der Zwischenlandung in Marseille gibt es kein Klopapier, keinen Orangensaft, kein Mineralwasser. Die Stewardessen haben sich irgendwo verschanzt und wir haben noch fünf Stunden Flug vor uns. Energisch wühlt Claire in ihrer Tasche und fördert eine Flasche zutage. Sie lächelt: Ich kenne diese Verbrecher, ich nehme mir immer Wasser und Proviant mit. Sie bietet mir etwas davon an und ich nehme es gern. Et toi, qu'est-ce que tu fais? singt sie. Ich habe gerade meinen Mann verloren, sage ich. Ich habe gerade meinen Mann verloren? denke ich. Otto war mein Freund. Siebzehn Jahre lang rauften wir uns zusammen, sein Anrufbeantworter war meine Heimat. Wir liebten uns, stritten, trennten uns, prallten wieder aufeinander. Er betrieb mit seinem Freund Paul eine Detektei. Ich schreibe Kinderbücher. Immer wieder schleppten sie ihre komplizierten Fälle in mein kleines Häuschen auf dem Land, das mir Tante Friedl vermacht hat, und forderten mich auf, meine Intuition spielen zu lassen. Es machte mir Spaß, die Beweggründe von Menschen zu erforschen.

Otto ist tot. Er starb in Kairo, als er einem illegalen Waffenhändler auf der Spur war – an einem Herzinfarkt, er war sechsundvierzig. Claire hat mich gefragt, was ich mache.

Ich trauere, sage ich. Ich besuche Freunde in Bamako. Das ist eine glatte Lüge. Aber ich kann ihr nicht erzählen, daß ich auf der Suche nach einem jungen Mann bin, der bei der Westafrika-

Rallye verschollen ist. Mir wird klar, daß ich ihr überhaupt nichts erzählen kann. Nichts über meine Katze Luxor, nichts über meine Bauernrosen, nichts über Carla, meine Freundin, die Schauspielerin, die mich bei meinem Abflug in München ausrufen ließ. Gute Reise, sagte sie, ich habe ein Orakel gemacht. Hüte dich vor einem Mann, der mit sechs Zehen geboren wurde. Das Flugzeug dröhnt, in den hinteren Reihen ist es besonders laut. Claire hat noch eine Weile gewartet, aber als sie sieht, daß ich in Gedanken versunken bin, richtet sie ihre Decke zurecht, legt ihren Kopf ans Fenster und schläft ein. Vor vier Tagen kam der Anruf. Du mußt mir helfen, sagte Paul. Ich habe einen Fall, den ich nicht lösen kann. Ich vertrage keine Hitze. Aber ich brauche das Geld, sonst geh ich unter.

Geh unter. Ich helfe dir nicht, sagte ich, du weißt genau, daß ich nicht in die Detektei einsteigen werde.

Alex, du bist meine letzte Hoffnung. Es ist ein interessanter Fall, ich mache die ganze Vorarbeit. Du mußt nur nach Mali in Westafrika fliegen und ein paar Recherchen machen.

Das Wort »nur« ist mit Westafrika nicht kompatibel, sagte ich. Und was heißt schon ›die ganze Vorarbeit‹.

Ich kenne Paul so lange wie ich Otto kenne. Die beiden haben zusammen studiert, Medizin. Sie sind zusammen ausgestiegen und haben zusammen das

Detektivbüro aufgemacht. Seitdem schlugen sie sich wie ein altes Ehepaar zusammen durchs Leben. Ich hatte sogar einmal eine Affäre mit Paul. Otto war für acht Monate in Alaska abgetaucht, es sah so aus, als käme er nie wieder. Dann kam Paul. Jeden Abend. Er reparierte die alte Wasserleitung, er baute eine Bank für den Garten, er legte mir aus alten Holzdielen einen Boden und versiegelte ihn mit Bienenwachslasur. Als er fertig war, standen wir uns eines Abends gegenüber. Es war eine dieser banalen und doch magischen Situationen. Seine Hände waren noch mit Bienenwachs verschmiert, seine blonden Haare standen struppig vom Kopf ab. Er plauderte mich nieder. Seine blauen Augen funkelten. Seine Taktik war immer die gleiche: ich will nichts. Aber wenn du willst ... Manchmal wollte ich. Manchmal nicht. Wir haben es Otto nie gesagt. Jedenfalls glaube ich, daß Paul es auch nie gesagt hat. Pauls Hund Caruso vertrug sich nicht mit Luxor. Ich glaube, das war der Grund, warum wir uns nicht mehr so oft trafen. Als Otto zurückkam, trug ich den ganzen Winter lang den Anorak aus Fischhaut, der mit Seehundsfell gefüttert war und sah Paul nur noch, wenn er Otto besuchen kam. Dann saßen wir alle drei um den Küchentisch, Luxor ging auf Caruso zu und gab ihm mit ausgefahrenen Krallen eine Ohrfeige, er verzog sich winselnd unter Pauls Stuhl und wir redeten und tranken bis in den Morgen. Otto paffte Zigarren und Paul sagte ihm, daß er noch mal an Kehlkopfkrebs sterben würde.

Meine Freundinnen waren überzeugt, Otto würde von der Mafia hingerichtet oder vom CIA, weil er seine Nase überall reinstecken mußte. Mir wäre es recht gewesen, wenn Ottos Todesarten nicht zur Diskussion gestanden hätten. Ich wäre gern mit ihm in der Nähe alt geworden. Jedenfalls denke ich das jetzt, denn solange er lebte, sagte ich zu ihm: ich will nicht mit dir alt werden, jedenfalls nicht so schnell.

Nach einem Streit stand er plötzlich mitten im Februar mit seinem italienischen Motorrad vor der Tür und sagte: Baby, wir fahren nach Kitzbühel und besaufen uns mit Champagner. Das taten wir. Wir machten so einen Lärm, daß sich die Amerikaner neben uns beschwerten. Otto hatte einen wirklich schönen Körper und er wußte, wie er sich bewegen mußte, um mich wahnsinnig zu machen.

Jedenfalls rief Paul an und bekniete mich, dieser Gaillard sei stinkreich und er suche verzweifelt nach einem Lebenszeichen seines Sohnes. Das Schicksal habe ihn geschickt, um die Detektei zu retten.

Ich glaube nicht an das Schicksal und ich habe dir gesagt, daß ich mit der Detektei nichts mehr zu tun haben will, an die ich auch nicht glaube, sagte ich.

Als ich mein Arbeitszimmer putzte, fiel mir auf, daß ich das Haus ungewöhnlich gründlich geputzt, alle Rechnungen bezahlt und sogar den

Komposthaufen umgestochen hatte. Und ich war nicht prämenstruell.

Zwei Stunden später saß Paul bei mir in der Küche und ratterte die Fakten herunter.

Der junge, reiche, verwöhnte René Gaillard kauft sich einen Range Rover und fährt bei der Westafrika-Rallye mit. Als er elf war, starb seine Mutter an Krebs. Er war ein introvertierter, unglücklicher Junge. Er fährt also nach Afrika. Irgendwo, mitten in Afrika, genauer gesagt in Mali, geht er verloren. Der Vater wird unruhig, obwohl das Auto unbeschädigt wieder auftaucht, mit der Rechnung von einem Autohaus auf den Champs Elysées noch auf dem Rücksitz, haha, kleiner Scherz. Der Sohn bleibt verschwunden. Es ist der einzige Sohn von Gaillard. Der hat uns schon einmal einen Auftrag gegeben, damals gings um Werkspionage. Wir haben das ziemlich schnell rausgekriegt. Er findet wir sind gut.

Wie ist der denn ausgerechnet auf euch gekommen? wollte ich wissen.

Otto, äh, kannte die, äh, Sekretärin, äh …

Es passierte wirklich selten, daß Paul rot wurde. Und ich wurde sauer.

Wo wurde das Auto gefunden? fragte ich betont sachlich, um meine Wut zu verbergen. Wieviele Frauen werden wohl am Grab stehen?

Paul wühlte in seinen Jackentaschen und förderte einen Zettel zutage.

Südlich von Tabankort, sagte er. Alles war noch da, die Reisetasche, die Papiere, alles.

Paul steckte sich eine Zigarre an.

Rauch im Garten, sagte ich.

Bitte, fahr doch nach Mali, sagte Paul mit seinem treuen Dackelblick, das letzte Mal, als wir für Gaillard gearbeitet haben, konnten wir ein halbes Jahr davon leben.

Ach laß mich doch zufrieden. Ich will nicht. Ich interessiere mich nicht für Väter und Söhne. sagte ich

Tu's für Otto, sagte er doch glatt.

Für Otto konnte ich nicht mal die Beerdigung organisieren, weil seine Leiche nicht freigegeben wurde. Wieso eigentlich nicht? Wozu eine Obduktion, wenn jemand am Herzanfall stirbt?

Luxor gab Caruso mit den Krallen eine Ohrfeige. Ich deutete auf Caruso. Bitte nicht, sagte er.

Ich trauere, sagte ich.

Du kannst doch auch in Afrika trauern, sagte er.

Plötzlich gab ich nach. Alles ist besser als dieser wahnsinnige Schmerz. Ich werde ihn nie mehr sehen! Wie oft wollte ich ihn nie mehr sehen. Wie lehne ich es ab, so an einem Mann zu hängen! Ich wußte nicht, wie sehr ich an ihm hing. Lieber in Afrika untergehen, als den Wahnsinn des alltäglichen Schmerzes zu bewältigen.

Paul rief, natürlich von meinem Telefon, Maurice Gaillard an. Er quatschte auf ihn ein und gab mir dann den Hörer. Von ihm erfuhr ich, was ich schon von Paul wußte.

Ich gehe also der Geschichte nach und entdecke schon nach dem zweiten Anruf Camille Lenox, Renés Beifahrerin. Mein erster Anruf galt der Rennleitung in Paris. Ich rufe Camille an. Ihr Anrufbeantworter gibt eine Nummer in New York. Ich rufe dort an. Sie ist Model. Ich habe sie aus dem Schlaf gerissen. Haben Sie ihn gefunden? fragt sie, als ich sage, daß ich wegen René anrufe. Aus der Art, wie sie fragt, schließe ich, daß sie ihn sicher nicht umgebracht hat, was ja immerhin auch noch eine Möglichkeit gewesen wäre. Eine fast kindliche Angst liegt in ihrer Stimme. Ich hätte ihn nicht verlassen dürfen, sagt sie. Es ist alles meine Schuld. Ehrlich, er wollte dieses Kind nicht überfahren. Sie ist ihm direkt ins Auto gelaufen. Er konnte nichts machen. Als er die wütenden Leute sah, ist er wieder ins Auto gestiegen und weitergefahren. Wir waren beide panisch. Ich meine, wir dachten, die lynchen uns. Dann habe ich die Nerven verloren, hab meine Tasche gepackt und bin ausgestiegen.

Kam keine Polizei, frage ich.

Nein, sagt sie.

Wo war das? frage ich

In der Nähe von Ségou, sagt sie.

Wo sind Sie ausgestiegen?

Irgendwo vor Bamako.

Da hat sie sich ein Taxi genommen. Ich denke nach. Camille scheint zu glauben, daß ich sie verurteile.

Sie können sich das nicht vorstellen, sagt sie, den Tränen nahe, diese vielen schwarzen Menschen, die Kinder so schmutzig, mit aufgequollenen Bäuchen, überall Fliegen, Moskitos. Leprakranke, die mit Kindern herumlaufen, die für sie betteln. Ich wurde fast verrückt. Und ich glaube René gings genauso. Er ließ sich nichts anmerken, aber er sprach nicht mehr mit mir. Wir hatten mit sowas nicht gerechnet, wir dachten, Klasse, eine Rallye durch die Wüste und Abenteuer und so. Und dann sahen wir die Hütten, diese abgerissenen Zelte der Tuareg, mein Gott, diese dürren Frauen mit ihren wunderschönen schwarzumrandeten Augen. Ich schämte mich, daß ich so dünn bin ... Camille weint. Ich bin magersüchtig, schluchzt sie.

Ich möchte sie trösten. Aber was sagt man da? Das macht doch nichts?

Ich möchte René finden, sage ich mütterlich und merke erst jetzt, daß es stimmt. Wann hat er aufgehört, mit Ihnen zu sprechen?

Ach, wir saßen morgens in einem Hotel, ich glaube in Niamey, kennen Sie das? Die staubigste Stadt, die Sie sich vorstellen können. Er hatte einen Stapel Zeitungen auf dem Tisch liegen. Als ich zum Frühstück kam, hatte er noch nichts angerührt. Er war blaß. Was ist los, fragte ich, was hast du. Er sagte »nichts«, faltete die Zeitungen zusammen und trank einen Espresso. Aber danach war er wie ausgewechselt.

Ich rufe Gaillard an.

Sie können ihren Sohn selbst suchen, sage ich, wenn Sie mich schon beim ersten Anruf anlügen, will ich mit der Sache nichts zu tun haben.

Er, cool: das war nur ein Test, wie effektiv Sie arbeiten. Schließlich kostet mich die Nachforschung viel Geld.

Fahr, sagt Lilly, meine Nichte, die mit ihrem Freund Shorty schon mehrmals in Mali war. Es wird dir gefallen und du kommst auf andere Gedanken. Dann verpaßt sie mir einen Informationsinfarkt, indem sie mir alle möglichen Fakten über das Sahelproblem, die schwachsinnigen Brunnenbohrprojekte und den Hunger in Afrika, heilige Orte und Uranberge im Schnellgang hinwirft. Denk doch mal an Tibet, an die Black Mesa der Hopi!

Ich denke an Otto.

Wieso soll mir das denn gefallen? frage ich Lilly.

Mali ist ein wunderschönes Land, sagt sie.

Dann rufe ich Camille an.

Welche Zeitungen hat René in Niamey gelesen? frage ich.

Keine Ahnung, sagt sie, hm, ich glaube es waren französische …

Was trug er, als Sie ihn verlassen haben? frage ich.

Eine beige Hose, ein beiges Hemd, eine Sonnenbrille von Valentino, einen Blancpainchronometer … zählt Camille auf.

Am nächsten Tag gehe ich alle französischen Zeitungen in der Bibliothek aus der Zeit durch.

Aber ich finde nichts, was könnte ich finden? Ich weiß ja nicht einmal was ich suche. Jedenfalls steht von Afrika wenig in irgendeiner dieser Zeitungen und das Wenige beschäftigt sich mit den Hutu und Tutsi. Ruanda und Zaire sind von Niger und Mali ziemlich weit entfernt. Was sollte es da für einen Zusammenhang geben? Ich kaufe mir die Michelinkarte von Nord- und Westafrika und breite sie auf dem Boden aus. In der Mitte der Landkarte lodert ein gelbes Feuer, die Sahara. Was für ein riesiges unbesiedeltes Gebiet! Ich male einen blauen Punkt über der Stadt Niamey, über Bamako, über Segou. Dann suche ich Tabankort. Ich brauche eine gute Viertelstunde und kann es nicht glauben. Tabankort liegt weit oben im Norden auf der Route nach Algerien. Was zum Henker hatte er dort oben zu suchen? Oder hat er das Auto gar nicht selbst gefahren? Jemand hat ihn umgebracht und das Auto dorthin gefahren, vielleicht sogar, um die Spur zu René zu verwischen? Aber warum? Warum ihn umbringen und dann das Auto und alle Wertgegenstände nicht rauben? War er schwul? Wurde er von einem Liebhaber umgebracht? Quatsch. Obwohl Geld, enttäuschte Liebe und Eifersucht zu den häufigsten Mordmotiven gehören.

Was zahlt er dir? fragt meine Freundin Carla beim Stammtisch.Sie reist nicht gern weit fort.

Dreitausend pro Tag und Spesen extra, sage ich.

Alle atmen hörbar ein und aus.

Ich wollte es nicht machen, ich dachte, wenn er den Betrag hört, steigt er aus, aber das ist für den anscheinend nichts.

Peanuts, sagt Mia, die gerade für fünftausend eine Bühne einrichten soll. Alle lachen.

Bring mir ein paar schöne Stoffe mit, sagt Lise. Sie ist Kostümbildnerin.

Was denkst du, was mit ihm passiert ist? fragt Anne, Psychotherapeutin.

Keine Ahnung, vielleicht konnte ihn jemand nicht leiden.

Auf jeden Fall muß er sich dem Vater gegenüber etwas beweisen. Der Vater ist Unternehmer, was macht er eigentlich? fragt Anne

Er ist Direktor einer französischen Firma, die so ziemlich in allen Geschäften ihre Finger hat. Öl, Gold, keine Ahnung, sage ich.

Vielleicht wurde er überfallen, so ein reiches Söhnchen, der wird mit seinem Geld nur so um sich geworfen haben! sagt Lise.

Der Vater ist beschäftigt. Der hatte sicher nie Zeit für seinen Sohn, läßt Anne nicht locker. Was ist mit der Mutter?

Sie starb, als er elf war. Armer Kerl. Wieso hast du eigentlich keine Erdnüsse, Emma? Ich fühle mich weinerlich.

Hast du das nicht gelesen, fragt Emma, daß an den Erdnüssen immer Urinrückstände sind, weil sich die Männer nach dem Pissen die Hände nicht waschen?

Alle lachen.

Wurde der Junge überfallen? bohrt Carla wieder nach.

Nichts fehlte. Als das Auto gefunden wurde, war alles, was René gehörte, noch da. Es ist wirklich rätselhaft.

Vielleicht ist er jemandem lästig geworden, überlegt Anne.

Es heißt ja immer, die Afrikaner werden den Weißen lästig, sagt Lise. Als wir in Marokko waren, wurden wir ständig von halbwüchsigen Jungs belästigt …

Aber ihr wart in deren Land, regt sich Anne auf.

Ja, trotzdem, das kann echt nerven, wenn sie dich nie in Ruhe lassen …

Wodka? Ich werfe eine Abschiedsrunde! Alle lachen.

Trinken wir auf die Lösung deines Problems. sagt Anne.

Es ist nicht mein Problem. Es ist mein Job. Trinken wir lieber darauf, daß ich heil zurückkomme! Als ich trinke, fällt mir auf, daß Anne nicht von meinem Job, sondern von meiner Trauer sprach.

Ich denke an das sympathische, sensible Gesicht von René, an Camilles Bemerkung, daß er sich überflüssig fühlte, alles regelte sein Vater. Der kann alles, organisiert alles. Er hat das Geld – und nicht zu knapp. Ich will mit diesen Gaillards nichts zu tun haben, aber ich stecke schon mitten in ihrer Geschichte.

Gegen drei Uhr morgens sitzen nur noch Carla, Emma die Wirtin und ich in der Kneipe.

Erzähl von Zürich. sagt Emma.

Es ist eins von diesen altmodischen Fünfsterne-Hotels, die sehr teuer sind, aber irgendwie schmuddelig. Unter dem Bett liegt noch die Haarnadel der Vorgängerin und hinter dem Nachttisch flockt der Staub …

Seit wann stört dich das? fragt Carla entgeistert.

Es stört mich, daß sie so teuer tun. Aber selbst das war mir egal, ich habs ja nicht bezahlt. Papa Gaillard hatte für mich reserviert.

Und das Personal? Aus Polen und Pakistan, zu sechs Mark die Stunde, oder? höhnt Emma. Sie bezahlt ihren Aushilfen immer Tariflohn. So wird sie nie zu Geld kommen!

Gegen Abend rief er mich auf dem Zimmer an und wir tranken unten Espresso, der war sehr gut. (Verächtliche Geste von Emma, Espresso! Ja, Champagner … das wärs gewesen!) Er zeigte mir eine Zigarettenschachtel, Ramses II, die raucht sein Sohn. Und er zeigte mir ein Foto, auf dem sein Sohn sich gerade mit einem goldenen Feuerzeug mit eingelegtem Onyx eine Ramses II anzündet. Sein Gesicht wirkt unsicher, verlegen, wie ertappt. Ich frage mich, wer dieses Foto gemacht hat … Sein Blick war der Grund, warum ich mich auf diese Sache eingelassen habe. Diese tiefe Verletztheit. Diese Gewißheit: für mich würde niemand einen Finger krumm machen, ich bedeute niemandem etwas. Kann ja sein, daß ich mir das nur einbilde …

Die große Mutter … sagt Carla und streicht mir übers Haar.

Er tut mir so leid, sage ich und bin schon fast am Heulen. Stell dir vor, wie sich das anfühlt, wenn Geld dein Babysitter ist!

Klingt gut, sagt Emma und ich muß lachen.

Ich bin betrunken. Vor mir steht der achte Wodka. Hinter mir steht der Taxifahrer. Halte dich an die Frauen, sagt Emma zum Abschied. Frauen kriegen alles mit, die wissen alles, wenn sie auch nicht alles sagen. Aber das schaffst du schon.

Am Flughafen steht Maurice Gaillard, graue, kurzgeschnittene Haare, weiche Hände, sauber manikürt. Ich sehe die Frau, die sich über seine Hände beugt und die Nägel schneidet. Sein arrogantes Gesicht dazu. Ich habe ihm gesagt, daß ich Bargeld will. Mein Honorar im Voraus für zehn Tage und zehntausend Spesenvorschuß. Kein Einwand. Er hat es in eine Plastiktüte eines Züricher Kaufhauses gesteckt. Er sieht mich an, als hätte ich den Verstand verloren und sagt: Eigentlich müssen Sie das Geld deklarieren, dazu kann ich Ihnen aber nicht raten, denn wenn Sie das tun, schneidet man Ihnen an der nächsten Ecke die Kehle durch.

Machen Sie sich keine Sorgen um meine Kehle, sage ich.

Ich lasse mir von Paul den Umschlag mit den CFA geben und nehme mir tausend aus der Plastiktüte. Die Tüte gebe ich Paul. Wir haben vereinbart, daß er die Hälfte für sich nimmt und den Rest in meinen Geldtopf steckt. Er wird meine Blumen gießen und Luxor füttern. Und vermutlich wird er meine Tagebücher lesen, das hat er schon immer gern gemacht.

Wenn Sie irgendetwas brauchen … sagt Gaillard, und dann: Sagen Sie den Behörden nicht, warum Sie in Mali sind. Sie sind Touristin, vergessen Sie das nicht. Wenn die herausfinden, was Sie wirklich wollen, kann es für Sie unangenehm werden. Afrikaner sind sehr empfindlich, wenn man ihre Kompetenz anzweifelt.

Waren Sie schon in Mali? frage ich ihn

Nein. sagt er angewidert.

Meine Gedanken wandern. Sein Jackett ist dunkelblau mit weinrotem Futter, die universelle Ausrüstung für Männer ohne Mut, ohne närrische Ausgelassenheit. Wer zieht ihn an? Wer wäscht seine Unterhosen? Wer hebt sie da auf, wo er sie fallen läßt? Wer muß seine Anweisungen ausführen?

… hier ist die Adresse, Herr Hohenstein holt Sie vom Flughafen ab und steht Ihnen während Ihres Aufenthalts zur Verfügung. Er ist ein guter Freund der Familie. Vergessen Sie nicht, am Zoll anzugeben, daß Sie ihn besuchen … Und wenn Sie irgendetwas brauchen, wenden Sie sich an ihn, er hat dort die besten Kontakte.

Wurden Sie mit sechs Zehen geboren? frage ich Gaillard. Er schaut mich entgeistert an. Natürlich nicht. sagt er. Und Ihr Sohn? Er schüttelt den Kopf. Ich kann seine Gedanken lesen. Er hat gerade einer Wahnsinnigen ein kleines Vermögen gegeben.

Claire rüttelt mich. Attachez les ceintures! Nous sommes là!

Ich schnalle mich an. Die Stewardessen schlendern gelangweilt durch die Gänge und überprüfen, ob alle angeschnallt sind. Claire flucht leise. Irgendwas mit Scheiße und dreckige Franzosen.

Als die hintere Flugzeugtür geöffnet wird, weht heiße Waschküchenluft herein. Ich warte, daß sie abzieht, aber es wird schlimmer. Das wirst du mir büßen Paul, denke ich. Claire steckt mir ihre Adresse in Tessalit zu. Taoré, es gibt nur eine Familie in Tessalit, die so heißt, sagt sie. Wir laufen über das Rollfeld zum Ankunftsgebäude. Claire sagt etwas über den Zoll und über die korrupte Fremdenpolizei und daß ich aufpassen soll, dann sind plötzlich ganz viele Menschen um sie herum, alle lachen und weinen und schreien, ein etwa zehnjähriger Junge macht Fotos mit einer Instantkamera, sie winkt noch und weg ist sie.

Hohenstein überragt die afrikanischen Männer um einen Kopf. Er trägt ein Schild »Mme Alexandra Felder«. Ich dränge mich mit meiner Tasche in seine Richtung. Zwischen uns ist der Zollschalter. Hohenstein beugt sich zu dem schmächtigen Mann, kämpft sich durch die Ankommenden und Abholenden und nimmt mir meine Tasche aus der Hand. Moskitos schweben durch die Luft, die überraschend kühl ist, jemand knallt einen Stempel in meinen Paß und schiebt mir den Durchschlag der Zolldeklaration hin. Ich schließe die Augen, höre die aufgeregten, wütenden, freudig erregten Stimmen, das Wummern der Klimaanlage, das Scharren der Schuhe auf dem Steinboden. Irgendwo singt eine Frau. Ich fühle mich sehr fremd und zugleich irgendwie wohl.

Hohenstein ist eine eindrucksvolle Erscheinung. Groß, breitschultrig, seine dichten schwarzen Locken sind von grauen Fäden durchzogen. Seine braunen Augen schauen prüfend. Obwohl er sehr energiegeladen wirkt, haben die Augen einen müden Ausdruck.

Wo ist denn Ihr Gepäck?

Ich deute auf die Tasche, die er mir abgenommen hat.

Ich gebe nie Gepäck auf.

Er lächelt. Das gefällt ihm.

Er legt seinen Arm um meine Schultern und lenkt mich zur Tür, stößt sie auf und die Waschküchenluft attackiert meine Lungen. Er lächelt.

Sie werden sich an die Hitze gewöhnen. sagt er. Ein Chauffeur reißt die Tür des grauen, klimatisierten Mercedes auf. Die Sonne geht unter. Ich fahre die getönte Scheibe herunter, um die Landschaft zu sehen. Die Hitze prallt gegen mein Gesicht und breitet sich sofort im Wagen aus. Der Chaffeur dreht den Kopf halb herum. In seinen Mundwinkeln hängt ein Lächeln. Ich lächle zurück. Hohenstein reagiert irritiert, sagt aber nichts. Ich weiß, daß ich diesen Goldton nie mehr vergessen werde. Die braune Erde wellt sich sanft, ab und zu wachsen ein paar grüne Inseln heraus, die Sonne taucht alles in rötlich-goldenes Licht. Es ist überirdisch schön. Wir passieren eine Mercedes-Werkstatt, die genauso aussieht wie Mercedes-Werkstätten in Stuttgart oder Paris. Ein riesiges Schild vor einer Brücke wirbt für medizinische Vorsorge. Der Fluß schillert ölig grün und blau. Abfälle, Plastiktüten, verrostete Autoteile liegen im niedrigen Wasser.

Vor ein paar Jahren haben wir hier noch gebadet. sagt Hohenstein angewidert.

Das Sofitèl de l'Amitié liegt auf der anderen Seite des Flusses. Ein hoher Betonbau, so häßlich wie alle neugebauten Luxushotels dieser Welt. Afrikanischer Kitsch in der Hotelhalle, die üblichen Boutiquen, Glas, Metall, Holz, alles hübsch gemacht und tödlich häßlich in der Wirkung. Die Gefängnisse des Reichtums. Ich weiß, wie das Zimmer aussehen wird: links die Naßzelle, ein schmaler Gang zum engen Zimmer, ein breites Bett, eine Schreibtischattrappe, ein Stuhl, ein eingebauter Schrank, ein kleiner Betonbalkon. Alle Zimmer in diesen genormten Hotels sehen überall auf der Welt mehr oder weniger so aus.

Rufen Sie mich an, wenn Sie sich ein bißchen eingewöhnt haben. Meine Frau würde Sie morgen gern zum Essen einladen. Ich murmle irgendetwas von »sehr nett, vielen Dank, mach ich« und fahre zum Himmel, elfter Stock, schließe die Tür auf, werfe sie hinter mir zu, stehe vor der Balkontür und schaue auf den Swimmingpool und weiter hinten den Fluß. Überall brennen jetzt kleine Lichter, Feuer, Laternen. Es sieht wunderschön aus. Die Palmen wiegen sich schwarz vor dem noch hellen Himmel.

Eine Überraschung ist nur das Bett. Es ist doppelt breit. Und das ist das einzige, was ich vorerst wirklich brauche. Auf dem Schreibtisch liegt neben der Hotelmappe aus Plastik ein Prospekt für Helikopterflüge nach Timbuktu.

Was tue ich hier?

Ich ziehe mich nackt aus, werfe mich über das Bett und weine.

Ottos Hand streicht über meinen Rücken, unter meinen Haaransatz. Ich drehe mich um, er liegt auf mir und grinst. Spaß muß sein, sprach Frankenstein und schob die Eier mit hinein, sagt er und küßt mich. Wie habe ich diesen Spruch gehaßt. Nie hat mich jemand wie er geküßt. Er schmeckt mich ab, er erforscht mich, nichts an ihm ist sinnlicher als sein neugieriger Mund, seine feste, starke Zunge, die alles wissen will und alles erfährt. Ich umarme ihn, spüre seine schweißnasse Haut auf mir, sehe seinen abwesenden Blick aus den grauen Augen, falle in seinen Rhythmus, kralle mich in seine rotblonden Locken ... Otto, warum hast du mir das angetan! Nie mehr, hämmert es in meinem heißen Kopf, nie mehr. Nie mehr. Ich setze mich auf. Nie mehr. Begreife es endlich, blöde Kuh. Ich packe die Tasche nicht aus. Morgen werde ich ein anderes Hotel suchen. Ich schalte die Klimaanlage ab und öffne die Balkontür. Das Laken klebt schweißnaß an mir, von irgendwoher klingen Stimmen herauf, Autos fahren, Tracy Chapmans Stimme singt irgendwo, sehr weit weg. Ich döse. Bilder schieben sich übereinander, ineinander, ich betrete eine Kirchenruine. In der Mitte steht ein Steintisch, als ich aufblicke, bin ich von Ziegen umgeben. Das Opfer, sagt eine Männerstimme. Als ich Nein sage, ist der Himmel schon grau und staubig.

2.

Geh zum Marché Rose, sagte Lilly. Flapflapflap schlurfen die Gummischlappen der Frauen über den Lehmboden, träge, tiefe Stimmen, Lachen, Kinderschreien, Musik aus Boomboxen so hoch wie Kleiderschränke. Davor, in dem infernalischen Lärm, in dem Chaos aus Stoffen und Werkzeug, Batterien, Straßenküchen, Buden mit Kassetten und Ananas, steht ein winzigkleiner Junge, vielleicht vier Jahre alt mit geschlossenen Augen und wiegt sich zur Musik. In einer kleinen Werkstatt verarbeitet ein Mann Blechbüchsen zu Koffern. Ein Junge sammelt in einem Korb Metallstücke aller Art. Neben der Straße ist eine Rinne, in der Männer kauern und pinkeln. An der Mauer dahinter steht »Défense d'Uriner«. Frauen bieten Stoffe an, sie laufen auf mich zu und vor mir her, entfalten ihre Stoffe, drängen, lachen. Es ist ein Spiel. Ich fühle mich diesem Spiel heute gewachsen, es macht sogar Spaß. Das meiste auf dem Markt ist Fabrik-Kitsch, aber es gibt sehr schöne Schmuckperlen, die in kleinen Glasschränken an der Wand versteckt sind. Ein Händler winkt mich zu sich, bietet mir Tee an und zeigt seine Perlenketten. Hühner laufen durch das Marktgebäude aus Lehm, das wegen seiner rötlichen Farbe seinen Namen hat. Der Pfefferminztee ist stark und süß. »Er törnt« sagte Lilly. Schweißnaß klebt mein Kleid an mir. Schmuck, Stoffe, Gemüse, Hühner, Lebensmittel, Büchsennahrung, alles gibt es hier. Frauen laufen mit riesigen Körben auf dem Kopf herum und bieten Maggiwürfel, Batterien, Salz, Tomatenmark, Gummischuhe an. Manche liegen neben ihren ausgebreiteten Waren auf der Erde und schlafen. Der Geruch von scharfem Pfeffer läßt mich niesen, dazwischen zuckrig-süßer Duft von kandierten Früchten, auch modrige Schwaden, verfaultes Gemüse, Scheiße. An einer Ecke flechten drei Frauen einem Mädchen viele, viele Zöpfchen. Das Mädchen hat den Mund halboffen und leistet dem Ziehen und Zerren keinen Widerstand. Ihre Augen sind glasig, sie ist in Trance. Eine Frau verkauft Eiswasser. Ich weiß, ich sollte kein Wasser trinken, aber ich habe Durst und keine Lust auf Cola oder klebrige orangerote Limonade. Als ich den letzten Schluck trinke, steht ein völlig entstellter alter Mann vor mir. Er ist übersät mit Narben und schwärenden Wunden. Ich unterdrücke einen Schreckensausruf und weiche ein wenig zurück, dann lasse ich den Becher fallen und laufe. Das Bild des verfaulenden Gesichts verfolgt mich. Ich laufe ohne anzuhalten ins Hotel zurück, ziehe meinen Badeanzug an und lege mich an den Pool.

Ah, Sicherheit, das bin ich gewöhnt. Ein Schwimmbad, Kellner, die bedienen. Was möchten Sie essen? Langusten? Fisch, ein Steak? Ich kann nichts essen, mir ist schlecht. Ich schwimme zwanzig Runden, gehe erschöpft in mein Zimmer zurück und hänge mich ans Telefon. Hotel Lido, dort mußt du wohnen, sagte Lilly. Das ist außerhalb von Bamako und sehr schön. Ja, sie haben ein Zimmer, leider ohne Klimaanlage, aber mit Ventilator. Sehr gut. Ich schlüpfe in ein leichtes Kleid, packe meine Sachen zusammen, verlasse das Zimmer und für lange Zeit die trügerische Sicherheit der weißen europäischen Kultur.

Das Hotel Lido sieht aus, als stehe es irgendwo im Tessin. Ein Fluß, ein hübsches Haus im Kolonialstil, ein Schwimmbecken mit altmodischen Holzstühlen am Rand. Mein Zimmer ist in einem Nebengebäude. Vor dem Zimmer steht ein uralter riesiger Baum, hinter dem Haus winden sich kleine, verkrüppelte Bäumchen mühsam zum Himmel. Die Landschaft wächst ohne Zaun bis zum Garten des Hotels, strohgelbe Hirse, die im leichten Wind wispert. Auf dem Hügel hinter dem Haus ist die Hitze zum ersten Mal gut zu ertragen. Sie gehört hierher. Sie lebt hier und sie empfängt mich freundlich. Ein steiniges Plateau über den Kornfeldern wird offenbar zum Dreschen des Getreides benutzt. Ich setze mich und schaue auf das Tal. Sanftes, braunes, heißes Land. Hier beginne ich, Afrika zu lieben. Du mußt dich mit dem Land auf dem du stehst, vertraut machen, mußt zu ihm sprechen, mußt es anhören. Nur so wirst du angenommen! behauptete Tante Friedl, die mir ihr Häuschen vermachte.

Ich lasse die Erde durch meine Hände laufen, dabei finde ich einen kleinen, schwarzen Stein. Er ist sehr schwer. Ich beschließe, das soll mein Glückstein werden und stecke ihn ein. Fast fühle ich mich akklimatisiert, nachmittags will ich zum ethnologischen Museum gehen.

Die besten Stücke stehen natürlich in Paris und London, sagt der Museumsleiter lächelnd, ohne Zorn mit dieser geduldigen, freundlichen, etwas ironischen Art, der ich noch oft begegnen werde. Er richtet gerade eine Vitrine ein. Das Museum ist neu gebaut, wirkt aber wie ein alter Lehmbau, ein schöner Park mit Bäumen umgibt es. Viele Stil-Epochen sind durch neue Figuren und Fotos von alten Skulpturen belegt.

Mali ist das Land der Dogon, der Bambara, der Senufo, davon ist im Museum wenig zu sehen. Eine gottverdammte Schande ist das, sagt eine etwa sechzigjährige beleibte Amerikanerin in Jeans und kariertem Hemd, die eine Figur abmalt. Ich lächle sie an.

Was hier geklaut wurde, übertrifft wirklich alles, poltert sie. Grabwächterfiguren, Türen von Getreidespeichern, handgeschnitzte Leitern, Fetischfiguren. Die Händler steigen in die Wände der Falaise und holen sogar die Totenurnen heraus. Verkauft wird alles in den schicken Boutiquen von Paris und New York. Dagegen unternimmt die Polizei nichts, aber wenn die Frauen auf dem Markt etwas Geld verdient haben, dann knöpfen sie es ihnen an einer Straßensperre ab. Korrupte Bande.

Der Museumsleiter lächelt bitter.

Entschuldigen Sie, ich sollte mich vorstellen. Ich bin Sarah Fainright, Ethnologin, Anthropologin. Ich arbeite hier am Sahel-Institut.

Ich sage ihr meinen Namen und bleibe bei meiner Version, daß ich Freunde besuche.

Kommen Sie, wir trinken ein Bier zusammen, sagt sie.

Sie kennt ein kleines Lokal in der Nähe, das einen Garten hat. Es ist schattig und freundlich. Neben den Tischen kauert eine Frau und laust ihre kleine Tochter. Hunde streunen herum, schnuppern in Abfällen, kauen auf Papier. Mopeds knattern vorbei und ziehen Staubfahnen hinter sich her. Eine zaundürre kleine graue Katze streicht an meinen Beinen entlang, aber als ich sie streicheln will, zuckt sie zurück, als wolle ich sie schlagen. Sehnsucht nach meiner Katze Luxor fährt wie ein kurzer scharfer Schmerz durch meinen Körper und macht mir meine Fremdheit wieder bewußt.

Das Bier wirkt schnell. Ich fühle mich leicht und ein bißchen schwindlig. Sarah erzählt von den Männern, die so viel trinken, daß die Familien verarmen, von einem Frauenhilfsprojekt, an dem sie beteiligt ist, von ihrer Arbeit mit einer Hebamme, mit der sie durch die Dörfer fährt. Ich fühle mich in ihrer Gegenwart wohl und plötzlich frage ich sie, ob sie etwas von dem Unfall bei der Ralley gehört hat, bei dem ein Kind getötet wurde.

Sie mustert mich scharf.

Das mit der Touristin habe ich Ihnen sowieso nicht abgenommen. Sie haben ja nicht einmal nach den bekannten Sehenswürdigkeiten, nach der Moschee von Djenné und dem Dogonland gefragt. Ja, ich kenne die Familie, weil Hadjara, die Hebamme gerade zu einer Geburt dort war.

Könnten Sie mich vielleicht zu dieser Familie begleiten? frage ich.

Dann erzählen Sie mir aber zuerst, was Sie vorhaben. Mali ist ein freundliches, aber sehr gefährliches Land. Theoretisch dürfen Sie Bamako gar nicht verlassen, ohne den Chef der S.M.E.R.T, des Fremdenverkehrsbüros, zu informieren und die Reiseerlaubnis zu holen. Natürlich ist für Geld alles zu haben–vorausgesetzt Sie werden nicht wirklich lästig. Aber das haben Sie anscheinend vor.

Habe ich das? frage ich und trinke mein Bier aus. Ich muß an Annes Bemerkung über René, der vielleicht jemandem lästig geworden ist, denken.

Ich suche nach dem jungen Mann, der das Kind überfahren hat. Er ist verschwunden, sein Vater hat mich beauftragt.

Ist es sicher, dieser Frau so viel zu sagen? Arbeitet sie nicht mit den Behörden zusammen? Ich habe das Gefühl, ihr trauen zu können. Und gleichzeitig stellt sich in mir dieser Zustand ein, der mich hier nicht mehr verlassen wird – diese Mischung aus berechtigter Sorge, Verfolgungswahn, übermütiger Heiterkeit, Staunen, Angst, Lähmung, wilder Lebensfreude …

Dijü, dijü singt ein Vogel direkt über mir in den breiten grünen Blättern eines Strauchs. In der Küche des Lokals streiten zwei Männerstimmen. Aber vielleicht unterhalten sie sich auch nur. Frauen mit Babys auf dem Rücken und mehrstöckigen Lasten auf dem Kopf wandern aus der Stadt. Staubwolken überall.

Ich muß sowieso dorthinfahren, das kann ich auch heute tun, sagt Sarah. Es ist nicht weit, drei Stunden Fahrt vielleicht, wenn wir nicht allzuviele Kontrollen haben …

Eine Viertelstunde später sitzen wir in Sarahs uraltem Peugeot. Die Beifahrertür hat keine Scheibe und braucht auch keine. Der staubige heiße Wind zieht durchs Wageninnere. Sarah fährt, als ginge es darum, irgendwo einen ersten Preis zu holen. Wir fliegen über Bodenwellen und durch Schlaglöcher, ziehen eine gigantische Staubwolke hinter uns her. Ich nuckle an meiner eineinhalb-Liter-Plastikflasche Volvic.

Sie sehen traurig aus, sagt sie plötzlich, als wir bei einer Straßensperre durchgewunken werden, anscheinend ist sie hier sehr bekannt.

Ich hasse es, vor fremden Menschen in Tränen auszubrechen und beiße auf meinen Lippen herum. Sie tätschelt meine Hand.

Das Problem hier sind die Männer, sagt sie nach einer Weile. Sie wollen das schnelle Geld, sie wollen nach Paris, sie wollen Konsumgüter haben, wie die Europäer. Und vor allem sind sie verrückt nach Waffen. Sie trinken zu viel und sie lassen sich bescheißen. Vor drei Wochen konnten wir nur mit großer Mühe den Deal eines Bauern in den Homboribergen rückgängig machen. Er hatte einer französischen Firma sein Land als »Problem-Müllplatz« zur Verfügung gestellt. Naja, sie rammt den Gang rein, zum Glück ist das illegal und wenn wir's erfahren, hetzen wir denen die Apokalypse auf den Hals. Aber wir erfahren nicht alles.

Wer ist wir, frage ich etwas gereizt, denn sie erinnert mich an all die arroganten Weißen, die glauben, allen Ländern der sogenannten dritten Welt sagen zu können, wo es lang geht. Sie erinnert mich an Margret Mead, die auf die Proteste eines Fidji-Bewohners, daß die Amerikaner die einheimische Kultur zerstören, sagte: wenn wir Ihnen nicht gesagt hätten, daß Sie eine Kultur haben, wüßten Sie es gar nicht.

Sie macht eine unbestimmte Handbewegung, murmelt etwas von einem Frauenverband, der Uno und der Regierung von Mali.

Als ich hierher kam, sagt sie, fiel ich in einen Kulturschock. In den Staaten hatten sie uns gesagt, wie arm die Afrikaner sind und wie sehr sie unsere Hilfe brauchen. Aber niemand hatte uns gesagt, daß es nur Stehklos gibt, wenn überhaupt, daß die Ziegen auf der Straße stehen und man keinen Salat essen kann. Niemand sagte uns, wieviele Krankheiten es hier gibt. Waren Sie schon mal auf einer Bank? Nein? Wie tauschen Sie Ihre Schecks?

Ich habe nur Bargeld dabei, in CFA, sage ich. Ich reise immer nur mit Bargeld.

Sie schüttelt halb entsetzt, halb anerkennend den Kopf. Dann ereifert sie sich:

Sie gehen in eine Bank. Da sitzen acht Leute vor rosaroten und weißen Papierstapeln. Sie warten. Eine Stunde ist vorbei, Sie kratzen auf der Oberfläche des Schalters, um sich bemerkbar zu machen und räuspern sich. Die Bankangestellte vor Ihnen öffnet ein schläfriges Auge und sieht Sie mit einem Blick abgrundtiefer Verachtung und Ablehnung an. Sie haben gerade ihren Mittagsschlaf gestört. Ein Mann geht zur Kasse, nimmt eine Handvoll Scheine heraus und geht wieder. Und so weiter. Für einen Bankbesuch müssen Sie gute zwei bis drei Stunden einplanen, vorausgesetzt, es gibt überhaupt Geld. Sie können natürlich auch im Amitié tauschen, aber wenn man hier lebt, kann man sich das nicht leisten. Die Gebühren sind horrend.

Ich war zwar noch nie in Afrika, sage ich, aber mit diesem Problem habe ich irgendwie gerechnet.

Trotzdem, das ist doch wahnsinnig gefährlich, so viel Bargeld mit sich herumzutragen.

Hätten Sie gedacht, daß ich so viel Bargeld bei mir habe? frage ich.

Sie schüttelt den Kopf.

Niemand denkt das, sage ich. Und außerdem sind die Menschen ehrlicher, als man immer sagt. Natürlich wedle ich nicht mit den Scheinen herum.

Wir passieren ein liegengebliebenes Buschtaxi. Fünf Männer heben es an, ein sechster wechselt den Hinterreifen. Im Wagen sitzt noch eine alte Frau mit einer Ziege.

Ich war so naiv und völlig unvorbereitet. Ich wollte helfen und war allen eine Last. Sie lacht.

Haben Sie auch den Helferkomplex? fragt sie mich.

Ich würde es eher Fluchtreflex nennen, sage ich. Daß mir jemand einen Auftrag gegeben hat, macht diese Flucht irgendwie sinnvoll. Aber auch nur irgendwie. Ich könnte hier wirklich niemandem helfen, ich komme ja nicht mal selber klar.

Das ist normal, sagt Sarah.

Es ist wirklich nett von Ihnen, daß Sie mich fahren, sage ich.

Ich tu es für mich, Sie glauben gar nicht, wie sehr ich mich manchmal danach sehne, mit Menschen aus europäischen Ländern zu sprechen.

Warum gehen Sie nicht zurück?

Da lacht sie. Ich würde es in den Staaten nicht mehr aushalten. Nein, es ist zu spät. Ich habe hier meine Freunde, ich betreue viele Kinder. Hadjara braucht mich. Ich fürchte, ich gehöre nirgendwo mehr hin, ich bin entwurzelt. Aber hier habe ich wenigstens eine Aufgabe.

In einem Straßendorf ohne Ortskern hält sie an. Am Straßenrand stehen etwa zwanzig Menschen, die versuchen, Autos anzuhalten oder auf ein Buschtaxi warten.

Sarah läßt das Auto an der Straße stehen und führt mich zwischen zwei Hütten hindurch zu einem Hof, in dem Frauen und Kinder sitzen, liegen, lungern. Ich sehe keinen einzigen erwachsenen Mann. Die Frauen kennen Sarah und grinsen sie an. Herzliche Begrüßung. Gâteau, gâteau, sagen die Kleinen. C'est pas bon pour les dents, sagt Sarah, sie sagt: sey pa bonn. Die Kinder lachen.

Ich wäre gern gleich zum Punkt gekommen, lerne aber meine erste afrikanische Lektion. Wie gehts? Und den Kindern? Und den Eltern? Und was macht die Hirse? Es hat nicht genug geregnet! Ja, das ist schlecht! Zwei Jahre war die Regenzeit nicht gut!

Da ich anscheinend gerade nicht gebraucht werde, nicke ich auf meinem Stuhl ein. Sanftes Lachen weckt mich. Sie schauen mich an und lachen. Das ist eine Freundin, sagt Sarah. Sie fragt wegen Amande, eurer kleinen Tochter, die überfahren wurde. Alle nicken. Ich beobachte die Gesichter, kein Haß, keine Wut.

Eine Tochter, die ein Tuch um die Hüfte geschlungen hat und die nicht vorhandenen Brüste hinter einem Triumph-Büstenhalter aus einer Kleidersammlung versteckt, bringt uns Limonade. Wir trinken. Ah, oui. C'était pas sa faute! Nicken, Singsang, Seufzen. Amande, la petite. Aber der junge Mann kam zwei Tage später. Er war sehr nett. Er hat die Beerdigungsfeier bezahlt und hat uns Geld gegeben, damit wir Rashid und Mahoud in die Schule schicken können. So ein hübscher Junge. Er hat die Hitze schlecht vertragen. Vielleicht Malaria ...

Wie lange ist das her? frage ich. Alle überlegen. Zuerst sind alle Autos von der Rallye durchgekommen, dann die Presseautos, der Bus, dann kam der Händler mit Seife und Stoffen, dann wurde das Kind geboren und kurz darauf war das Ritual, bei dem es dem Vollmond gezeigt wurde, seidem sind zehn Nächte vergangen. Ich rechne im Kopf mit. Ungefähr drei Wochen. Drei Tage bin ich in Afrika. Vor sechs Tagen wurde das Auto gefunden.

Die Mutter steht auf und schlurft durch den Hof, in dem wir sitzen. Auf dem Rücken hat sie das Neugeborene, das so ruhig ist, daß wir es überhaupt nicht wahrgenommen haben. Sie bietet uns Wasser an, Sarah trinkt, ich trinke auch. Dann bringt sie kleine weiße, fettige Bällchen. Sarah nimmt eins. Ich zögere, aber sie schiebt mir die Kürbisschale immer wieder aufmunternd unter die Nase, also nehme ich auch eins. Sie trägt eine wunderschöne Kette aus roten Glasperlen.

Er hatte Fieber, sagt eine Frau, die am Mäuerchen steht, das den Hof einfriedet. Alle nicken. Ja, Fieber, der Arme. Er sah nicht gut aus. In einem der Nachbarhöfe entsteht ein Rhythmus, ich denke es ist Musik, oder ein Ritual, aber als wir die Familie verlassen, sehen wir, daß es drei Frauen sind, die ihre Hirsestampfer abwechselnd in einen Holzmörser fallen lassen, dazu singen sie. Fasziniert von diesem Gesang bleibe ich an der Mauer stehen und sehe den Frauen zu. Ein Prickeln läuft durch meinen Hinterkopf und Nacken. Mein Unterkiefer fällt herunter, meine Augenlider werden schwer.

Ja, die Trance lauert überall, sagt Sarahs Stimme neben mir. Kommen Sie. Wir gehen zum Haus der Hebamme.

Wollen Sie auf dem Dach schlafen oder lieber hier unten im Zimmer? fragt Sarah, nachdem sie mit der Hebamme länger geredet hat.

Auf dem Dach, klingt verheißungsvoll, sage ich.

Von allen Seiten dröhnt laute Musik, irgendwo werden Trommeln geschlagen, Mücken summen und setzen zum Sturzflug auf meine Haut an. Aber nichts stört mich. Ich sehe die Sterne, rieche die Holzfeuer und bin glücklich. Die Hebamme hat mir ein Tuch gegeben, das mit Lehmfarben gelb und schwarz gebatikt wurde. Ich wedle mir damit Luft zu.

Die Tochter der Hebamme weckt mich mit einem süßen Milchkaffee. Vögel singen, Hühner picken und gackern, eine Frau schreit ungeduldig etwas.

Ein Mann antwortet. Ein Besen streicht irgendwo über den Boden. Eine Wasserverkäuferin ruft ihr gedehntes »esiii«. Sarah kommt keuchend aufs Dach und grinst mich an.

Gut geschlafen? fragt sie

Wie ein Baby, sage ich. Ich habe von einem Gecko geträumt.

Erzählen Sie das nicht den Einheimischen, sagt sie, sonst denken alle, Sie sind eine Hexe. Die Hebamme schenkt mir zum Abschied das Lehmbatiktuch. Aber ich lege ihr heimlich einen Geldschein in den leeren Becher auf dem Tisch.

Im Auto singt Sarah die ganze Fahrt über Lieder von Joan Baez und ich schlafe wieder ein. Vor dem Gare Central von Bamako bremst sie so heftig, daß ich gegen die Windschutzscheibe fliege.

Sorry, lacht sie. Die Bremsen sind irgendwie unberechenbar, afrikanische Bremsen!

Ich steige aus und will mich bedanken. Aber sie hat schon den Gang eingelegt und rollt los.

Sie finden mich im Sahelinstitut. Besuchen Sie mich mal! Und – passen Sie auf, was Sie sagen! ruft sie und läßt mich in einer Staubwolke zurück.

Diese letzte Bemerkung löst eine Flut von Überlegungen und Ängsten in mir aus. Wem habe ich wohl wann zuviel gesagt?

Ich habe beschlossen, zu Fuß die vier Kilometer zum Hotel zu laufen und schlage die Straße zum Sommerpalast des Präsidenten ein. Sie führt durch das Regierungs- und Diplomatenviertel:

Schöne Häuser im Kolonialstil mit blühenden Gärten. Die Sonne steht schon tief, es ist nicht mehr so heiß. Ich bin mir über die Richtung nicht mehr ganz klar und frage einen Soldaten, der das Innenministerium bewacht. Die Fenster des kleinen Türmchens sind mit Brettern vernagelt. Während er mir den Weg erklärt, steigt aus dem vernagelten Turm ein grauenhafter Schrei auf. Dieser Schrei ist so archaisch, so entsetzlich, daß mir der Atem stockt. Der Soldat schaut mich prüfend an, ich drehe mich auf dem Absatz um und renne im Galopp in Richtung Stadt zurück. Meine Lungen stechen, meine Gedanken rasen. Das Blut schlägt gegen die Schläfen. Sie haben da einen Mann gefoltert. Ich habe es gehört. Sie werden mich suchen, sie werden mich auch foltern und wenn sie erst erfahren, was ich hier mache ... ich renne um mein Leben. Niemand folgt mir. Vor dem Amitié steige ich in ein Taxi. Ein paar Journalisten, die Rallye-T-Shirts tragen und heftig diskutieren, verschwinden in der Hotelhalle. Soll ich mit ihnen sprechen? Vielleicht haben sie etwas von dem Unfall mitbekommen? Am liebsten würde ich mich an diese Europäer klammern und mich von ihnen zum Flughafen bringen lassen. Ich fühle mich grau vor Schrecken. Als sich das Taxi in Bewegung setzt, habe ich das Gefühl, meinem Untergang entgegenzufahren. Ich bin allein. Ich bin diesem Land nicht gewachsen. Ich habe Angst. Die Hitze bringt mich um. Wir fahren am Innenministerium vorbei. Eine Welle von Übelkeit breitet sich in meinem Magen aus. Der Soldat steht nicht mehr da. Der mit Brettern vernagelte Turm verfolgt mich wie ein Bild aus einem Alptraum. Im Hotel versperre ich die Tür, was eigentlich sinnlos ist, weil das Fenster nicht richtig schließt. Ich schalte den Ventilator ein, lege mich aufs Bett und zwinge mich, tief durchzuatmen. So liege ich in der Dunkelheit und lausche. Der Chor der Zikaden setzt ein, verstummt und beginnt wieder.

Ich habe Mühe, hier zu überleben, wie soll ich Nachforschungen anstellen? Ich werde jetzt zur Rezeption gehen (denn im Zimmer habe ich kein Telefon) und Paul anrufen. Aber ich kann nicht zur Rezeption gehen. Ich bin starr vor Angst. Der Ventilator flappt über mir. Die Grausamkeiten vergangener Kriege stehlen sich in meine Phantasie, da wurde Menschen die Haut abgezogen, sie wurden mit Salz eingerieben und in die Sonne gesetzt … Ja, aber das war in Benin. Egal. Es war in Afrika. Wenn sie mich erwischen, werden sie mich grillen.

Wie auf ein geheimes Signal fangen die Zikaden wieder an zu zirpen. Unten am Fluß quaken ein paar Frösche dazwischen, satt und tief.

Die Nacht vergeht nicht. Ich bewege mich nicht. Die Hitze liegt wie ein Backofen um mich herum. Sind das Nachtigallen? Seltsames Getriller von Vögeln. Ich zwinge mich, aufzustehen, der Gefahr ins Gesicht zu sehen, die Tür aufzuschließen und hinauszugehen. Da ist kein Mensch. Ohnehin gibt es außer mir nur zwei oder drei Gäste, Chinesen.

Die Hotelleitung ist auch chinesisch. Ich steige auf den Hügel hinter dem Hotel bis zum Dreschplatz und setze mich auf den warmen Stein. Eine schmale Mondsichel steht über mir. Der dunkle Himmel ist so mit Sternen übersät, daß ich kein einziges Sternbild erkennen kann. Die Luft ist jetzt nicht mehr so drückend. Ein leichter Wind streichelt meine von der Panik schweißnasse Haut. Ich bin allein in einem fremden, fremden Land, aber der Himmel über mir kennt mich. In welcher Hölle ich auch bin, der Mond ist mir vertraut. Langsam gehe ich zurück. Im kleinen Nebenhäuschen des Hotels wird leise gesprochen, der Schein eines Feuers ist sichtbar. Ich schalte das Deckenlicht an und mache mir Notizen. Amandes Familie hat mit Renés Verschwinden sicher nichts zu tun. Camille auch nicht. Ein Unfall scheidet aus, das Auto wurde unbeschädigt gefunden. Als das Auto gefunden wurde, lag sein Gepäck unberührt auf dem Rücksitz. Sogar sein Geld, seine Papiere und seine Scheckkarte waren da. Raubmord scheidet aus. Ich schreibe in Großbuchstaben auf das Blatt: WER HATTE EIN MOTIV IHN ZU TÖTEN? WER WURDE MIT SECHS ZEHEN GEBOREN? René ist nicht aggressiv. Bestimmt hat er keinen Streit gehabt. Liegt er irgendwo und fiebert? Ist er an einer zerebralen Malaria gestorben? Ich starre auf das abgesplitterte Holz des Fensters. Moskitos umschwirren mich mit ihrem unangenehmen Gesang. Es wäre mir lieber, wenn es nicht gerade die Mückenweibchen wären, die stechen, um ihre Kinder zu füttern. Und dann fällt mir ein, daß ich Hohenstein vergessen habe. Morgen ist auch noch ein Tag.

3.

Sie haben uns einen Schrecken eingejagt, als Sie plötzlich verschwunden waren! sagt Hohenstein. Ich stehe mit triefendem Badeanzug an der Rezeption. Ein Chinese mit unergründlichem Gesichtsausdruck hat mich aus dem Becken ans Telefon gerufen.

Auf dem kleinen weißen Holztisch am Pool steht mein Frühstück, Milchkaffe mit Croissant. Das Leben ist wundervoll. Zum ersten Mal, seit ich afrikanischen Boden betreten habe, atme ich leicht und frei.

Kommen Sie heute mittag zu uns? fragt er. Ich lasse mir die Adresse geben.

Hohensteins wohnen im Ausländerviertel.

Wir sind die Sklaven unserer Hausangestellten, lacht Frau Hohenstein. Sie ist mir sympathisch, obwohl ich ihre ganze Lebenssituation ablehne. Er arbeitet für eine deutsche Industriefirma, sie gibt Empfänge und Essen, Parties und Nachmittagskaffees für die Kollegen und die Gattinnen. Sie engagiert sich außerdem für Leprakranke. Die wohltätigen reichen Damen! Sie ist nett. Den Chauffeur, der Mamadou heißt, nennt sie Mama. Zu seiner Cousine, die kocht, sagt sie Chérie Coco.

Jeden Tag kommen irgendwelche Verwandten und verkaufen uns Stoffe, Andenken, Gemüse, Obst. Und wir müssen alles kaufen, weil es Verwandte sind. Der Gärtner ist ein Cousin. Der Hausmeister ist ein Onkel. Die Wäscherin ist eine Tante. Sie haben uns in der Hand, sagt Frau Hohenstein und lacht nicht mehr. Ihre blonden Locken sind von grauen Strähnen durchzogen. Sie bemerkt meinen Blick und reagiert sofort.

Man wird schnell alt hier, sagt sie. Irgendwie zermürbt mich dieses Land. Aber wir sind schon so verbuscht, wir können nicht mehr so einfach weggehen. In Deutschland würde ich es gar nicht mehr aushalten. Ein afrikanisches Kind kommt schreiend in die Küche gelaufen. Sie hebt es hoch. Es blutet am Fuß. Sie klebt ein Pflaster drauf, drückt einen Kuß auf seine Wange und schickt es wieder in den Garten. Dort, am herzförmigen Pool steht ein Tisch, der für drei gedeckt ist. Weißes Tischtuch, Tafelsilber, Rosenthal Porzellan. Hinter dem elektrischen Zaun kräuselt sich stinkender Rauch zum Himmel. Da werden Abfallberge verbrannt. Ich helfe Frau Hohenstein, Schüsseln hinauszutragen. Sie gibt auf deutsch Anweisungen an die Köchin. Hinter dem Haus bellen Hunde.

Das sind die zwei Doggen von meinem Mann, sagt sie. Friedrich hat sie auf Schwarze scharf gemacht. Aber mich mögen sie auch nicht. Einmal hat er vergessen, sie einzusperren, als er zur Arbeit ging, da haben sie mich gebissen und Ibrahim, der Hausmeister, konnte mir nicht helfen, ihn hätten sie zerrissen. Netter Haushalt, denke ich. Friedrich hat Rückenprobleme. Ich gönne sie ihm.

Wir trinken Grattamacco.

Woher kommt der? frage ich ungläubig.

Wir bekommen alle drei Monate einen Container aus Deutschland, da ist alles drin, was wir brauchen. Von Zeitschriften über Abendgarderobe bis zu Wein und Camenbert.

Mamadou döst auf einem Stuhl neben dem Mercedes.

Ich habe mit Maurice besprochen, daß ich Ihnen Mamadou für Ihre Ermittlungen zur Verfügung stelle. Er ist zuverlässig. Er haßt die Regierung, was in Ihrem Fall nicht ungünstig ist. Er hatte vor Jahren irgendein traumatisches Erlebnis, hat nie drüber gesprochen.

Daß er jetzt bei einem Weißen arbeitet, der seine Hunde auf ihn abrichtet, wird ihm sicher nicht weiterhelfen, denke ich.

Aus dem Inneren des Hauses tönt die Musik der Fernsehserie »Niels Holgersson«. Frau Hohenstein lacht.

Das ist unser Enkeltöchterchen. Die Familie ist gerade da. Die Kleine schaut sich den ganzen Tag deutsche Videokassetten an. Der gefällt's halt nicht hier. Da ist meine Tochter schon anders. Die ist seit zwei Tagen in der Falaise unterwegs, bei den Dogon, waren Sie da schon?

Sie ist doch erst angekommen, sagt Hohenstein.

Wie kommen Sie mit den Einheimischen klar? frage ich. Ich ertappe mich dabei, wie ich afrikanisch mit gut und europäisch mit weiß und ausbeuterisch gleichsetze. Diese netten Leute widerstreben mir irgendwie. Ich erzähle nichts von dem Turm des Innenministeriums.

Wissen Sie, die Menschen hier sind unberechenbar, sagt Hohenstein. Man muß sie wie Kinder behandeln. Sie wollen alle Konsumgüter haben, die sie sehen. Sie haben irrationale Wünsche und Bedürfnisse.

Im Gegensatz zu uns, denke ich.

Leider sind sie auch faul, sagt Frau Hohenstein. Verlassen kann man sich auf die nicht. Sie lachen dir ins Gesicht und hinter deinem Rücken machen sie etwas ganz anderes. Wie oft gebe ich eine Anweisung, die einfach nicht befolgt wird.

Das Essen schmeckt ausgezeichnet. Brochettes, Fleischspießchen, mit Yams-Spinat und Yamspürree. Später gibt es Obstsalat mit Mangos, Papayas, Paradiesfrüchten, kleinen süßen Bananen und Ananas, von dem ich in Deutschland nur träumen kann.

Was könnte René denn bei Tabankort gesucht haben? frage ich. Hohenstein antwortet nicht sofort, als lege er sich eine Antwort zurecht.

Ungemütliche Gegend, sagt er schließlich, Felsen, Sand. Die Meldung kam von den Behörden in Gao. Es ist wirklich ein Rätsel.

Ich möchte da nicht hinauffahren müssen, wir sollten Frau Felder nicht fortlassen. Wer weiß, was ihr da alles zustößt, sagt Frau Hohenstein und trinkt von ihrem Wein.

Machen Sie sich nur keine Sorgen, sage ich.

Gao war einmal die Perle Westafrikas, die schönste Oase weit und breit, sagt er. Heute ist es ein verkommenes Lepra-Loch. Die Afrikaner bekämpfen sich ja alle ständig gegenseitig, wie soll da irgendetwas vorwärts gehen.

Ich weiß nur, daß bei uns kein Mensch bei dieser Hitze arbeiten würde, sage ich und wedle mit meinem T-Shirt Luft unter meine Brüste. Hohenstein lacht.

Ja, die Hitze ist nicht ganz einfach zu ertragen. Aber für meine alten Knochen ist sie besser als die feuchte Kälte in Deutschland.

Was machen Sie gegen Malaria? fragt Frau Hohenstein.

Nichts. Ich habe Lariam dabei. Wenn ich Fieber bekomme, gehe ich in ein Krankenhaus, lasse feststellen, ob es Malaria ist und nehme einen Schwung Tabletten. sage ich und hoffe, daß es professionell und richtig klingt. Lillys Freund, der oft in Afrika war, hat mir das geraten. In Wirklichkeit bin ich längst nicht so locker.

Krankenhaus, sagt Frau Hohenstein, da oben finden Sie keins.

Sie hat ja Tabletten dabei, beschwichtigt ihr Mann. Er geht ins Haus und bald darauf erklingt das zweite Brandenburgische Konzert. Ist das nicht die Musik, die mit der Voyager ins All geschickt wurde? Wir trinken Wein, hören zu und atmen den üblen Rauch von den Müllhaufen ein. Ein wirklich außerirdisches Erlebnis.

Was wissen Sie über René? frage ich.

Netter Junge, sagt Friedrich. Ein bißchen verweichlicht vielleicht. Seine soziale Ader hat was Romantisches.

Er wird sich in dieser Welt nicht durchsetzen, sagt Frau Hohenstein resolut.

Falls er noch lebt, sagt ihr Mann. Vielleicht haben ihn ja die Eltern dieses kleinen Mädchens …

Vergessen Sie's, sage ich, bei denen war ich, die sind ihm überhaupt nicht böse.

Beide starren mich an.

Bei denen waren Sie? sagen sie wie aus einem Mund. Zum ersten Mal denke ich, daß Frau Hohenstein vielleicht allein überhaupt noch nirgends war, obwohl sie schon acht Jahre hier ist.

Sie haben sich aber schnell akklimatisiert, sagt er anerkennend.

Im Gegenteil. Ich hatte gestern wahnsinnige Probleme. Plötzlich überfiel mich eine Panik. sage ich.

Oh, das kennen wir, sagt Frau Hohenstein. Ein Freund von uns, Arzt, hat am zweiten Tag hier seine Pistole geholt und auf die Schwarzen geschossen. Ich halte das nicht aus, überall Neger!

hat er geschrien. Wir mußten ihn heimschicken, das hatte keinen Sinn.

Beide hängen der Erinnerung an den amoklaufenden Arzt mit einem Lächeln auf den Lippen nach.

Jeder verträgt das nicht, sagt er.

Die Köchin trägt das Geschirr weg und bringt Filterkaffee und Tassen mit Untertassen. Ein Lachanfall steigt auf, ich kämpfe ihn nieder. Die deutsche Gemütlichkeit! Hohenstein steht auf und geht ins Haus. Er kommt mit Straßenkarten wieder.

Paß auf, Friedrich, sagt sie, der Kaffee. Wir scharren alles beiseite und er zeigt mir die Route.

Mit Mama ist alles ganz einfach, sagt er. Er ist da oben irgendwo geboren, kennt viele Leute und dort können Sie ohne weiteres auch bei Verwandten übernachten, das ist wirklich nicht riskant.

Nicht riskanter, als die Leute im Haus zu haben, stimmt sie zu.

Hohenstein breitet eine Straßenkarte aus und fährt mit dem Finger die Strecke bis Tabankort nach. Etwas beunruhigt mich, aber ich bekomme es nicht zu fassen. Ich habe den Eindruck, daß er mehr weiß, als er sagt. Die Art, wie er auf die Karte starrt … an was denkt er? Sein Gesicht ist angespannt. Er scheint irgendwie auf der Hut zu sein. Vielleicht habe ich einfach nur Angst davor, in diese wilde Gegend fahren zu müssen. Gao liegt mindestens drei Tagreisen nördlich von Bamako.

Die Straße führt von dort direkt in die Wüste, nach Algerien, nach Niger …

Er hätte die Route zurück niemals allein fahren können, egal wie gut ausgerüstet er sein mochte, sage ich.

Ich zeige ihm das Gebiet. Er schaut unverwandt auf die Karte.

Ja, das habe ich mich ehrlich gesagt auch schon gefragt.

Wir beugen uns über die Karte, messen Entfernungen, überlegen, wägen ab. Es ist rätselhaft. Hätte er nicht nach dem Desaster mit dem Kind und nachdem Camille ihn verlassen hat, nach Bamako fahren und die Reise abbrechen müssen? Der einzige internationale Flughafen ist in Bamako. Wollte er allein mit dem Auto durch die Wüste zurückfahren? Nach dem zu urteilen, was mir Lilly von der Tanezrouftpiste durch die Sahara erzählt hat, wäre das eine wahrlich selbstmörderische Absicht, noch dazu auf seiner ersten Reise in der Sahara.

Vielleicht ist er in Panik einfach losgefahren, sagt Hohenstein lahm.

Junge Männer haben manchmal die seltsamsten Einfälle, sagt seine Frau.

Warum nur habe ich den Eindruck, daß sie mich unbedingt von der Harmlosigkeit von Renés Entschluß überzeugen wollen? Was wissen sie? Warum sagen sie es nicht?

Wenn die Straße in Richtung Segou schon so schlecht war, sage ich, und das ist eine Hauptstraße, wie muß dann erst die Route nach Norden sein! So lange hält keine Panik.

Das sind noch Teerstraßen. sagt Hohenstein.

Beide schauen mich bekümmert an.

Sagen Sie mir, was Sie wissen, sage ich plötzlich streng.

Wir wissen nicht mehr als Sie, sagt die Frau schnell.

Gar nichts, bestätigt er.

Ich fühle mich wirklich miserabel. Dreitausend Mark pro Tag ist für das, was ich vorhabe, definitiv unterbezahlt.

Mit welchem Auto sollen wir das fahren? frage ich.

Maurice hat einen Toyota Landcruiser organisiert, sagt Hohenstein. Mama holt Sie morgen früh damit ab, vorausgesetzt, Sie sind schon dazu bereit.

Je eher desto besser, sage ich düster.

Mamadou ist aufgewacht und beobachtet uns. Ich stehe auf und gehe zu ihm, strecke ihm die Hand hin.

Hallo, ich bin Alex Felder.

Er lächelt.

Mamadou Diallo, sagt er.

Wissen Sie etwas über diese Reise? frage ich ihn.

Er lächelt noch breiter.

Ich weiß über diese Reise mehr als Sie sich vorstellen können, sagt er. Mehr als Sie selbst. Ich habe diese Reise schon lange geplant.

Ich verstehe kein Wort.

Ehrlich gesagt, ich habe Angst. sage ich.

Das ist gut, sagt er. Und das ist noch zu wenig. Wo wir hinfahren, trommeln die Dschinns mit den Knochen der Verstorbenen auf der Haut der Lebenden.

Wir sollten das abblasen, denke ich. Das kann mir kein Mensch bezahlen, was da an Strapazen und Gefahren auf mich zukommt. Und welchen Sinn sollte es haben? Lebend finden wir René jetzt sowieso nicht mehr. Er ist allein, ohne Ausrüstung, ohne Hilfe. Niemand hat ihn gesehen, niemand erinnert sich an ihn. Nein, ich kann nicht aufgeben. Ich bin schon zu tief in seine Geschichte eingesunken. Ich schaffe es nicht mehr, mich daraus zu befreien.

Madame, sagt Mamadou.

Alex, sage ich.

Alex, sagt Mamadou, ist Ihnen aufgefallen, daß Monsieur René in einer Gegend verschwunden ist, die drei Tagesetappen von der Rallyeroute entfernt liegt?

Plötzlich ist mir kalt. René war in diesem Land, das unwirtlich, karg und lebensfeindlich ist, genauso fremd wie ich. Ich mache diese Reise nur, weil ich eine starke Motivation habe. Und René? Seine Motivation muß noch um einiges stärker gewesen sein.

Ich bestehe darauf, mit einem Taxi zum Hotel zu fahren. Im Taxi wird mir klar, daß ich den ganzen Tag nicht an Otto gedacht habe.

4.

Gegen vier Uhr morgens klopft es an die Tür. Ich fahre hoch. Adrenalin schießt durch meinen Körper. Jetzt holen sie mich! Quatsch. Ruhe bewahren, wenn sie dich abknallen wollten, hätten sie es schon längst getan und sicher nicht in einem Hotel. Warum sollten sie mich abknallen. Da ist wieder dieses beunruhigende Gefühl. Ich denke an einen Kindercomic-Film, wo die Maus an einem Stück Fell zieht und plötzlich entdeckt, daß ein Tiger dran hängt. Ich atme mehrmals tief durch. Es klopft wieder, heftiger. Ich gehe so ruhig wie möglich an die Tür und reiße sie auf. Da steht Mamadou.

Guten Morgen Alex, sagt er grinsend. Wir haben eine weite Reise vor uns.

Ich gewinne so langsam wieder die Fassung. Der Schock entlädt sich in einem hohen Lachen.

Ich warte vorne, sagt Mamadou. Kaffee habe ich Ihnen auch organisiert.

Schnell werfe ich meine Kleidungsstücke in die Tasche, verstaue meine Notizen, überprüfe Geld und Papiere in der Handtasche. Alles da. Ich verabschiede mich von den Moskitos und dem Moskitonetz. Der Gedanke streift mich, daß ich das Moskitonetz ausleihen sollte. Aber in meiner grenzenlosen Unkenntnis des Landes vermute ich, daß es ein kleines Hotel mit Moskitonetzen wohl überall geben wird.

Mit einer gewissen Befriedigung registriere ich, daß das Gesicht des Rezeptionisten jetzt keineswegs ausdruckslos ist. Es ist feindselig. Ich schlürfe Milchkaffee. Croissants wären wohl zuviel verlangt. Aber siehe da, er produziert aus einer schwach erleuchteten Nische hinter der Rezeption tatsächlich zwei Croissants, noch warm. Ich empfinde ein Gefühl von Sympathie und Heimat für diesen Ort. Sollte ich jemals wieder hierherkommen, unter normalen, erfreulichen Umständen, werde ich das Hotel wieder besuchen. Jedenfalls nehme ich mir das vor.

Dörfliche Stille im Zentrum von Bamako. Auf der Ausfallstraße nach Mopti laufen Frauen mit Körben auf dem Kopf in Richtung Stadtzentrum. Mamadou sieht meinen Blick und sagt:

Sie gehen zwanzig Kilometer und noch weiter zum Markt nach Bamako.

Die erste Straßensperre. Angst steigt wieder auf. Aber es ist alles ganz einfach. Mamadou kurbelt die Scheibe runter. Die Soldaten sind kaum älter als achtzehn. Einer beugt sich zu uns und schaut sich im Wageninneren um. Mamadou gibt ihm etwas Geld und seine Papiere. Er sagt etwas. Ich höre mehrmals den Namen Hohenstein. Beide Soldaten nicken. Weiter gehts.

Du bist eine Freundin von Hohensteins, das ist in Ordnung, sagt Mamdou lächelnd. Er spürt meine Angst. Er ist in das freundschaftliche Du gefallen und wir behalten es bei.

Ich bin nicht mit ihnen befreundet. Die Wahrheit ist, daß ich sie gar nicht kenne, sage ich.

Er nickt.

Was ist Hohenstein für ein Mensch?

Er ist ein, er zögert, mächtiger Mann, un homme de pouvoir, sagt er.

Er schaut geradeaus auf die Straße. Offenbar will er mir damit etwas anderes sagen, aber was? Daß er korrupt ist? Daß er ein Verbrecher ist?

Bis Mopti gibt es überhaupt kein Problem, das ist die Touristenroute. sagt er. Ich schlafe ein und wache auf, weil Mamadou anhält, um eine Frau und einen Mann mitzunehmen, die mit mehreren Körben per Anhalter fahren. Sie richten sich auf dem Rücksitz ein und fangen an, sich mit Mamadou zu unterhalten. Er kaut an einem Stück Süßholz – die afrikanische Art, Zähne zu putzen. Die Landschaft ist grün und fruchtbar. Durch die offenen Fenster bläst der heiße Wind. Ich döse. Flirrende Hitze, Menschen am Straßenrand, die Gemüse verkaufen, auf einem Stoppelfeld spielen Kinder barfuß Fußball. Lastwagen donnern an uns vorbei. Mamadou hält die Handfläche gegen die Windschutzscheibe, damit die kleinen Steine sie nicht zertrümmern. Die Hitze zermürbt mich, ich habe leichte Kopfschmerzen und überhaupt keine Lust mehr, nach Norden zu fahren. Ich denke, daß wir die ganze Strecke irgendwann wieder zurückfahren müssen. Wie grün und fruchtbar hier alles ist. Sogar Palmenhaine tauchen jetzt auf. Die beiden Anhalter wollen aussteigen und laden uns zum Tee ein. Alles ist mir recht, um die Eintönigkeit des Fahrens zu unterbrechen. Wir biegen in einen Sandweg ein, der von Palmen und blühenden Hibiskusbäumen gesäumt ist. Ein paar Lehmhütten zwischen alten Bäumen: hier wohnen sie. Wir steigen aus, vertreten uns die Füße zwischen Hühnern und Ziegen. Mamadou stellt seine Emailleteekanne auf das Feuer vor einer Hütte. Die Frau bringt kleine Gläser. Er holt Pfefferminzblätter aus einem Säckchen und stopft sie in die Gläser, drei Löffel Zucker drüber, dann gießt er das kochende Wasser von weit oben in einem scharfen Strahl in die Gläser. Was für ein Tee! Das ist die pure Kommunikation mit Minze, scharf, süß, berauschend. Die Frau breitet eine Bastmatte aus und bedeutet mir, ich soll mich hinlegen. Ich schlafe ein. Die anderen reden leise. Beruhigend wie in der Kindheit begleiten sanfte Worte meinen Schlummer, Bilder ziehen wie Wolken auf und zerstreuen sich, ein Vogel beginnt den Refrain von Edith Piafs Lied »Mylord« und bricht nach vier Tönen ab. Der Schlaf im Schatten der Bäume hat mir gut getan. Ich fühle mich vertrauter mit den Wesen dieses heißen Landes und irgendwie angenommen.

Dann fahren wir weiter. Wir passieren die Abfahrt nach Djenné und Mamadou informiert mich wie ein Reiseleiter über die Moschee, die urzeitlichen Funde, die derzeit im Binnendelta gemacht werden, alte Terrakottafiguren und Gefäße. Er erzählt von der Falaise, von den Dogon und den Tellem. Und daß hier früher alles dicht bewaldet war und sehr fruchtbar. Daß die Tellem nur Früchte und Kräuter gegessen haben und ihre nestartigen Lehmhäuser in die Wand der Falaise bauten. An Seilen ließen sie sich herunter in den Urwald und wenn sie oben in ihren Häusern waren, zogen sie die Seile ein, so waren sie unangreifbar. Ihre Toten bestatteten sie in Felsspalten, in Ton-Urnen. Dann kamen die Dogon. Sie waren Holzfäller und schlugen die Bäume um. Damit zerstörten sie den Lebensraum der Tellem. Meine Gedanken wandern, während ich zuhöre. Menschen werden vertrieben, siedeln sich an anderen Orten an, vertreiben andere. Kein Problem, wenn es nicht viele sind.

Eine Straßensperre, die Soldaten in bizarrer Uniformierung sitzen auf dem Boden. Einer gibt uns mit dem Gewehr ein Zeichen anzuhalten. Er steht gar nicht auf. Mamadou steigt aus, blabla-Hohensteinblabla, Papiere, Geld. Wir können weiterfahren.

Plötzlich fällt die Nacht, übergangslos und schnell. Wir erreichen die Abzweigung nach Mopti. Mamadou biegt ab. Ich protestiere.

Können wir nicht weiterfahren? frage ich genervt. Meine Kleidung klebt am schweißnassen Körper. Ich möchte keine Zeit verlieren. Wir finden diesen René und ich verschwinde aus diesem Land, von diesem Kontinent, aus diesem Wirrwarr von Dreck, Armut und Problemen, aus dieser Hitze.

Wir können nachts nicht nach Gao fahren, das ist zu gefährlich. sagt Mamadou sanft. Die Straße ist schlecht und dann die Straßensperren, die Banditen ... Ich habe das Gefühl, er macht ohnehin, was er will. Ich habe nichts zu sagen. Ich bin ihm ausgeliefert.

Er steuert den Wagen ins »Campement«. Ich öffne die Wagentür, ich bin steif und verschwitzt. Ein Vogel pfeift so, wie bei uns früher die Männer Frauen nachpfiffen. Zikaden bilden den Hintergrundschor. Betäubender Blütenduft. Ich bleibe mit geschlossenen Augen im Hof des Hotels stehen und atme den Geruch der Nacht ein, lasse den Gesang der Vögel meine Ohren umspielen. Einen Augenblick lang fühle ich mich im Paradies. Es gibt sogar eine Toilette zum Sitzen. Das Zimmer ist hübsch und hat ein Moskitonetz. Alles wird gut, denke ich.

Mamadou hat mich in ein schönes, kleines Restaurant, ins Nuit de Chine, über dem Fluß, geführt, wo es sehr guten gebratenen Fisch gibt. Erst jetzt, beim Essen, merke ich, wie ausgehungert ich bin. Die Lichter der Stadt spiegeln sich im Niger. Überall wird Musik gespielt, die verschiedenen Rhythmen und Musikarten fließen zu einer Symphonie zusammen. Im Nuit de Chine spielen sie Bob Marley. No woman no cry, die Kellner singen grinsend mit. Gut gelaunt lästert Mamadou unverhohlen über den bärtigen Weißen am Nebentisch.

Das ist der Abbé, sagt er und beugt sich etwas näher zu meinem Ohr. Er kauft den Dogon Antiquitäten ab und verkauft sie in Paris.

Ich trockne mit der Serviette mein nasses Gesicht und den Nacken.

Er ist schwul, sagt Mamadou, leise, vertraulich. Du weißt schon: les femmes pour les enfants et les hommes pour l'amour …

Der Bärtige steht auf und kommt an unseren Tisch. Mamadou grinst ihn an.

Salut!

Er setzt stellt sich vor, ich murmle meinen Namen, Mamadou sagt etwas von … Freundin von Hohensteins und er setzt sich. Plötzlich finde ich das alles sehr anstrengend. Mir fallen keine französischen Worte mehr ein, was ich sagen will, verknotet sich im Mund und fällt irgendwie falsch heraus. Ich stehe auf.

Entschuldigen Sie mich, ich bin sehr müde. sage ich und gehe. Ein deutscher Manager, der die feuchte Kälte nicht mehr verträgt, eine frustrierte Ethnologin, ein schwuler Priester – mir reichts langsam. Ich spaziere unter alten Bäumen am Fluß entlang. Dunkle Pirogen gleiten vorbei, auf einer Insel im Fluß brennt ein Feuer, Trommeln und Händeklatschen ist zu hören, eine Frau singt, eine andere lacht schrill. Die Mücken werden unerträglich. Ich laufe zum Campement zurück. Der Schweiß läuft in kleinen Strömen an meinem Körper herunter. Ich denke an Camille. Ja, Afrika ist gewöhnungsbedürftig. Und – ja, Lilly, Mali ist wunderschön.

5.

Die Landschaft wird karg. Ein Felsmassiv taucht auf, die Straße führt um einen hohen Felsen herum zu den Homboribergen, die aussehen wie der Südwesten der USA. Sand, Steine, flirrende Hitzewellen über der Teerstraße. Ich habe das Gefühl, wir verlassen so langsam die Welt der Menschen und landen in einer Art Vorhölle. Eine Nomadenfamilie zieht neben der Straße nach Norden. Voraus geht der Mann, bepackt mit Decken, Gepäck und einem uralten Vorderladergewehr, dann kommt die Frau mit dem Hausrat, mehrere Kalebassen, die vermutlich voll Wasser sind, Schöpfkellen, ein Blechkessel, Ziegenlederbeutel links und rechts über die Schulter geworfen. Sie hält einen Esel am Seil. Auf dem Esel sind weitere Gepäckstücke und obenauf ist ein kleiner Junge gebunden. Zwei ältere Mädchen laufen hinterher. Dann kommt eine Ziegenherde und ein Junge mit einem Stock und hinter diesem ein schwarzafrikanischer Junge. Das ist ein Peulh, ein Sklave, sagt Mamadou verächtlich. Die Peulh, die Schwarzen, sind schon seit Jahrhunderten die Sklaven der Tuareg.

Mamadou ist tatsächlich nicht so dunkel. Er scheint meine Gedanken zu lesen. Ich bin kein Schwarzer, sagt er stolz. Ich bin ein Haussa. Sind nicht die Peulh an der Regierung von Mali irgendwie beteiligt? frage ich.

Mamadou nickt finster.

Und schau was sie aus dem Land machen! Er spuckt aus dem Fenster. Sie sind korrupt, sie haben keine Ehre und keine Kultur. Sie verschachern das Land, sie bringen die Tuareg um. Primitive Affen.

Auf diese Diskussion möchte ich mich lieber nicht einlassen.

Ich weiß nichts von ihnen, sage ich ausweichend.

Er nickt.

In einem Dorf mit vier Häusern senkt sich aus dem Nichts eine Schranke und versperrt uns den Weg. Wir müssen aussteigen. Ich errate aus den Gesten und der Heftigkeit der Diskussion, daß die Soldaten ein Reisepermit für mich verlangen. Mamadou läßt dezent ein paar Scheine in die Hand des Anführers gleiten. Das reicht ihm aber offenbar nicht. Heftiger Wortwechsel.

Mamadou übersetzt mir:

Niemand fährt nach Gao, sagen sie. Was sucht eine weiße Touristin dort, wo es nur Soldaten, Leprakranke und Moskitos gibt.

Ich sage: Es gibt ein Hotel, Atlantide, da waren meine Eltern so glücklich, das will ich sehen, denn meine Eltern sind gestorben.

Von dem Hotel hat mir Lilly erzählt.

Als Mamadou mit der Übersetzung bei den gestorbenen Eltern angekommen ist, schauen sie mich bestürzt an.

Ach so ist das, die arme Frau, nur um ihre Eltern zu ehren fährt sie in die Hölle von Gao. Mir kommen fast die Tränen von meiner eigenen Geschichte.

Sie wollen wissen, was du von Beruf bist, sagt Mamadou unruhig.

Ich überlege keinen Augenblick und sage:

Krankenschwester. Ich arbeite in einer Abteilung für Krebskranke.

Übersetzung. Bewunderung schleicht sich in die mißtrauischen Gesichter. Wir dürfen weiterfahren.

Mamadou grinst.

Pas mal, sagt er. Nicht schlecht.

Ich war wirklich mal Krankenschwester, sage ich. Wer weiß ob's nicht besser ist, diesen respektablen Beruf in der Hinterhand zu behalten. Nicht daß Mamadou mir glauben würde! Ein kurzer Seitenblick, ein amüsiertes Lachen.

Naja, ist doch egal, sage ich. Ich habe in meinem Leben schon so viele Kranke gepflegt.

Wir halten an und pinkeln in afrikanischer Buschtaxiordnung: die Männer links, die Frauen rechts vom Wagen, das hat Mamadou mir erklärt.

Wir sind guter Stimmung. Zu der eintönigen aber sehr schönen Kora-Musik, die schon seit Stunden aus dem Cassettenrecorder klingt, fängt Mamadou an zu singen. Ich liebe diese Musik. Sie bringt die Welt ins Gleichgewicht.

Ist das nicht eine Musik der »Schwarzen«? frage ich. Mamadou winkt ab und lacht. Sie haben zwar keine Ahnung vom Mittelpunkt der Erde, aber sie haben gute Musik.

Die Homboriberge liegen hinter uns, in den Felswänden kleben alte, verlassene Lehmbauten. Steinige, felsige Landschaft löst die spektakulären Berge ab. In einer Kurve stehen die nächsten, bis an die Zähne bewaffneten Kerle in Fetzen, nur einer trägt eine Uniformjacke, an der kein einziger Knopf mehr dran ist.

Was ist das hier, ein Selbstbedienungsladen? frage ich.

Das sind Soldaten, die seit zwei Jahren vom Staat kein Geld mehr bekommen, sagt Mamadou und zuckt die Achseln. Er bremst ab. Sie bedeuten uns, auszusteigen. Ich denke, sie fragen, wohin wir fahren und so, aber sie fragen, ob wir ein Warndreieck haben. Mamadou macht den Kofferraum auf. Wir haben keins. Ich meine, wir brauchen auch keins, außer wir stehen hier noch ein paar Stunden herum. Das kostet 5000 CFA, umgerechnet etwa zwanzig Mark Strafe. Ein Auto fährt mit quietschenden Reifen um die Kurve und schlingert an uns vorbei. An diesem Auto ist so ziemlich alles kaputt, aber das scheint die Soldaten nicht zu interessieren. Ich sage:

Finden Sie nicht, daß Sie fragen sollten, ob dieses Auto da ein Warndreieck hat?

Mamadou warnt mich. Ein nervöses Lachen steigt in mir auf. Ich gehe ein wenig zur Seite. Das war keine so gute Idee, denn jetzt wollen sie sehen, ob wir einen Verbandskasten haben. Ich habe zwar die perfekte Reiseapotheke mit allem, was man hier irgendwie brauchen könnte, aber sie ist nicht in einem Kasten mit einem Kreuz auf dem Deckel. Nochmal 5000 CFA Strafe. Ich reiße mich zusammen, mache ein ernstes Gesicht und nicke mehrmals bekümmert mit dem Kopf, ziehe beim Anblick der Kalaschnikow anerkennend die Augenbrauen hoch und verschränke die Arme. Das wars, wir können fahren.

Von welchem Geld bezahlst du die Gebühren? frage ich.

Von deinem, grinst Mamadou. Am Ende mußt du mir alles geben.

Ich gebe ihm ein Bündel Scheine, Geld ist nicht das Problem.

Als wir in Gao ankommen, ist es dunkel. Überall brennen Lichter, die sich im Fluß spiegeln, auf kleinen Feuern wird gekocht. Es riecht nach Harz und köstlich gewürzten Speisen. Vor dem Atlantide halten wir. Ich bin dankbar, daß meine armen Eltern nicht wirklich in diesem Hotel wohnten, das hätten sie vermutlich nicht überlebt. Mag sein, daß es einmal ein glanzvolles Hotel war. Es hat immer noch Charme. Der Mann an der Rezeption kann sein Erstaunen kaum verbergen, als sei es etwas sehr Ausgefallenes, wenn in ein Hotel Gäste kommen. Er führt uns in den ersten Stock. Im Treppenhaus kommen wir an einer hellblau gestrichenen Holztür vorbei, auf die ein Totenkopf gemalt ist. Ich öffne sie. Dahinter ist eine Nische, sie ist leer. Die Zimmer sind bläulich gestrichen und kahl. Eine Glühbirne hängt von der Decke. In der Mitte meines Zimmers steht ein Bett. Kein

Moskitonetz. Ein Ventilator hängt genau über dem Bett. Die Fensterläden lassen einen gestreiften Blick auf den Platz neben dem Hotel zu. Camping, steht auf einem Schild, aber es sieht eher aus, als sei das die Müllkippe des Orts. Ich denke an Emma und an Carla. Das muß ein anderer Planet sein, wo es ein Häuschen mit Bauernrosen, eine Post mit einem gelben Schild, Supermärkte oder Hotels mit Bad und Swimmingpool gibt. Ich habe die Grenzen von Zeit und Raum überschritten, ich bin in einer anderen Wirklichkeit gelandet. Der Pulsschlag dieses fremden Organismus ist rhythmisches Trommeln.

Mamadou steht in der Tür und sieht mein entgeistertes Gesicht.

Ist alles in Ordnung? fragt er.

In Ordnung ist schon lange nichts mehr, murmle ich. Ich habe keine Kontrolle über meine Tränen. Ich stehe einfach da und heule. Mamadou steht in der Tür und tritt von einem Fuß auf den anderen. Der Hotelangestellte zieht sich diskret zurück. Scheißafrika! Verdammte Rallye! Otto hätte das hingekriegt. Er hätte ein paar blöde Sprüche über die »Kohlensäcke« losgelassen und dann wären sie gemeinsam unter irgendeinem Auto gelegen und hätten darüber gefachsimpelt, wie man Federn ersetzen kann, wenn man keine neuen hat oder wie man selbst Schrauben mit Gewinde schmiedet. Er hätte hierher gepaßt. Ich nicht.

Mamadou ist leise hinausgegangen und hat die Tür hinter sich zugezogen. Ich reibe mir die von

Tränen und Hitze verquollenen Augen. Das T-Shirt klebt an mir. Vertrautes hohes hysterisches Sirren kündigt ein neues Problem an. Ich schalte das Licht aus, den Ventilator an und wickle mich in das Laken, auf dem sich schon mehrere menstruierende Frauen verewigt haben. Das gibt mir ein Gefühl von Vertrautheit. Erinnert mich an die Kindheit, die Stoffbinden mit den Blutflecken, an meine Mutter. An ihre schlechte Laune, wenn sie ihre Tage hatte. Ich sitze in der Mitte des Betts unter dem Ventilator und klammere mich an Kindheitserinnerungen. Dann beschwöre ich unangenehme Situationen, denen ich hier ganz sicher nicht ausgesetzt bin. Ich denke an den Zahnarzt und an den Verrückten, der mir regelmäßig Schmähbriefe schreibt, wegen meines Unkrauts im Garten. Ich denke an den Buchhändler, der mir einmal gesagt hat, daß meine Kinderbücher schwachsinniges Zeug sind. Leider hilft mir das auch nicht weiter. Die Mücken attackieren, ich ersticke fast unter dem Laken. Schließlich springe ich wieder aus dem Bett und ziehe mich an. An Schlafen ist nicht zu denken.

Auf dem Markt sitzen Frauen hinter ihren Buden und Ständen, Feuer brennen, ein Trommler fesselt eine ganze Gruppe von Menschen mit seinem Rhythmus. Auf der blanken Erde schlafen Kinder.

Viens, viens, raunt mir eine junge Frau mit ungewöhnlich schönen Mandelaugen zu. Sie nimmt mich am Handgelenk und zieht mich zu sich auf das bunte Tuch. Sie schaut mir in die Augen, dann nimmt sie einen Stoffbeutel und leert ihn auf ihr Tuch. Steine, Muscheln, Wurzelstücke, Münzen fallen heraus. Sie läßt eine Kette aus Kauris, Steinperlen und Muschelböden darüber kreisen, wirft sie hin, hebt sie wieder auf. Plötzlich räumt sie alles zusammen und sagt: Du bist in großer Gefahr. Je vois danger. Il faut faire un Grigri. Sie ruft etwas.

Ja, ich bin in großer Gefahr, wahnsinnig zu werden, meinen letzten Lebensmut zu verlieren. Ich bin an meiner Grenze angekommen.

Niemand scheint hier zu schlafen. Ich schaue in die dunklen Gesichter, aus denen nur das Weiße der Augen und die (beneidenswert regelmäßigen, weißen) Zähne blitzen. Ein Mann drängt sich zwischen die vielen Menschen, die sich um uns herum versammelt haben. Le charlatan, wispert es ehrerbietig. Ich fühle einen hysterischen Lacher aufsteigen, der als trockenes Schluchzen aus meinem Mund fällt. Die Frau streicht mir über den Kopf und murmelt beruhigende Worte. Lieber Gott, mach mich fromm, denke ich, daß ich in den Himmel komm. Wie eine gesprungene Schallplatte kreist dieses einfältige Gebet in meinem Kopf. Dann höre ich plötzlich die resolute Stimme meiner Großmutter: Lieber Gott mach mich dumm, daß ich in den Himmel kumm, denn die Klugen werden in die Hölle geboren. Nur wer dumm ist, wird selig, wer klug ist, verzweifelt. Der Mann, der charlatan setzt sich zu uns. Er murmelt etwas, Gebete vielleicht. Die Frauen schauen weg, die Kinder stehen mit offenem Mund da und starren mich an.

L'or des foux, sagt er, das ist das Geheimnis. Narrengold. Er zündet einen Kräuterstengel an und wedelt mir den Rauch zu.

Die Geister lieben dich, ich weiß nicht warum, denn du bist eine Weiße. Sie schützen dich.

Meine Oma schützt mich, denke ich aufsässig. Sie schwebt zwischen euren Ahnengeistern. Lustige Vorstellung, so dick wie sie war, in ihrem Dirndlkleid ... Ich lächle.

Er murmelt wieder etwas, holt ein Brett aus seinem Sack, auf das Zeichen eingraviert sind. Aus einem Fläschchen tropft er eine Flüssigkeit auf das Brett, er läßt sie über die Zeichen laufen, dann sammelt er sie in einer eingeschnitzten Mulde. So, das muß ich jetzt trinken.

Nie, denke ich.

Trink, sagt meine Oma. Dann kann dir nichts mehr passieren.

Du willst ja nur, daß ich schnell zu dir komme, sage ich. Ich sehe meine dicke Oma mit Zöpfen in ihrem Dirndlkleid unter der Kuppel einer bayerischen Barockkirche schweben und kichern. Sie weiß wie sie mich zum Lachen bringen kann!

Trink, sagt Otto.

Il faut boire, sagt der charlatan.

Ich trinke und verabschiede mich von der Welt.

Der Zauberer streckt mir ein Lederamulett an einer Schnur hin. Es sieht abgewetzt aus. Irgendetwas ist in das Leder eingenäht.

Er nickt mir zu. Ich ziehe es über den Kopf, es paßt genau drüber.

Du bringst uns Glück, sagt der Zauberer.

Wie kann ich diesen Menschen Glück bringen, wenn ich so unglücklich bin? Ich bin kein blindes Werkzeug der Vorsehung, wie mir der Pfarrer früher immer weismachen wollte. Vermutlich will er Geld. Ich krame in der Hosentasche ein paar CFA-Scheine hervor. Er streckt gebieterisch die Handfläche gegen mich. Nur manchmal ist das Glück auch Geld.

Jamais, sagt er.

Im flackernden Licht des Feuers schaue ich in die neugierigen, vertrauensvollen, lustigen Gesichter der Umstehenden. Ich bin am Ende der Welt bei Menschen, die mir so fremd sind, daß ich keine Worte dafür finde, aber sie verhalten sich, als kennen sie mich, wie Verwandte! Wie bin ich hierher gekommen? Gleich werde ich aufwachen und feststellen, daß ich träume. Originell. Ich habe geträumt, daß ich nach Afrika gefahren bin, um einen verschollenen Autofahrer zu suchen und daß mir in einem heruntergewirtschafteten Wüstenort ein Zauberer ein Amulett geschenkt hat. Ich wache auf und sitze immer noch auf dem nächtlichen Markt. Steifbeinig stehe ich auf und verabschiede und bedanke mich. Die Frau und der Zauberer lächeln. Ich berühre mein Amulett und verbeuge mich leicht. Am Nachbarstand kaufe ich Orangen. Die alte Frau schlägt sie mir in eine Zeitung. Ich hole eine heraus, schäle sie, werfe die

Schalen einfach auf die Erde, wie es hier üblich ist, und esse sie. Erst jetzt merke ich, wie hungrig ich bin. Verzweiflung macht hungrig, oder sollte es umgekehrt sein? Auf der Terrasse des Hotels esse ich alle Orangen auf. Friedlich ist mir plötzlich zumute. Ich höre die Stimmen, das Lachen, das Bellen der Hunde, das Trommeln, langgezogene Schreie, das Schlurfen der Schuhe. Ich rieche den würzigen Geruch der vielen kleinen Feuer, ich sehe ihre rote Glut zwischen den Marktständen mit den Strohdächern. Es gibt kein Zurück. Vielleicht suche ich gar nicht René, vielleicht suche ich mich selbst? Wer bin ich? Ich bin die Frau, die von den Geistern beschützt wird. Die Frau, die acht Orangen gegessen hat. Die Frau, die französisch versteht. Die Frau, die allein ist. Die schwitzende Frau, die weinende Frau. Die Frau, die lästig wird. Ich bin die trauernde Frau, die lachende Frau, die Frau, die keine Angst aufkommen läßt.

Monsieur René war in diesem Hotel, sagt Mamadou.

Ich zucke zusammen. Ich hatte ihn nicht gehört.

Woher weißt du das? frage ich.

Er hat sich eingeschrieben, sagt er. Das wird dich interessieren: er hat hinter seinen Namen »fils de diable« geschrieben.

Sohn des Teufels? frage ich. War er doch verrückt?

Mamadou zuckt die Schultern. Er zündet sich eine Zigarette an und bietet mir auch eine an. Ich nehme sie, obwohl ich nicht rauche. Alles ist jetzt anders. Ich bin eine andere. Rauch ist eine Gabe an die Geister.

Der Mann vom Hotel gesellt sich zu uns.

Haben Sie Whisky? frage ich.

Er nickt. Er bringt die Flasche und ich trinke ein Wasserglas in einem Zug. Es brennt wie Feuer, danach breitet sich eine milde Stimmung in meinem Körper aus, die den Kopf einfach überwältigt.

Was war das für ein Mensch, René Gaillard? frage ich ihn.

Ein Weißer, ein Franzose, sagt der Hotelangestellte. Er war sehr bleich, viel bleicher als Sie, sagt er. Er schlief hier nur eine Nacht, dann fuhr er weiter.

Wohin? frage ich.

Nach Norden, sagt er.

Hat er etwas gesagt über seine Reise? frage ich.

Ja, er sagte, er würde seinem Vater schon zeigen, daß er ein Mann ist. sagt er.

Das klingt nach dem Kampf des Sohnes um die Anerkennung des Vaters. Vielleicht wollte er doch allein durch die Wüste zurückfahren?

Ich muß das laut gesagt haben, denn der Angestellte antwortet mir.

Nein, sagt er, das glaube ich nicht. Das ist unmöglich. Er hat seinen Paß hiergelassen.

Er hat seinen Paß hiergelassen? Wollte er Selbstmord begehen?

Er geht zur Rezeption und zieht die Schublade auf. Mit traurigem Blick hebt er einen Paß hoch.

Ich nehme ihn und schlage ihn auf. René Gaillard, geboren am 17.7.63 in Sens, Frankreich. Augen braun, Größe 189 cm.

Plötzlich habe ich das Gefühl, daß der Paß in meiner Hand pulst. Hilf mir, denke ich, hole mich, gib mir eine Spur.

Und dann weiß ich, daß er tot ist. Über mir schweben sie, Otto, René. Ein bißchen viel Geisterkram für eine Nacht. Ich bin betrunken.

Gute Nacht, sage ich und gebe den Paß zurück. Die beiden Männer erwidern meinen Gruß. Im Treppenhaus öffne ich die Tür mit dem Totenkopf und stelle mich in die Nische. Quietschend schwingt die Tür zurück. Ich stoppe sie mit meinen Handflächen.

Ich stehe hinter der Tür mit dem Totenkopf und singe ein bayerisches Lied von einem Mann, der sich selbst als Rindvieh bezeichnet, weil er den Fremden alles gibt, sogar seine Frau.

6.

Seit über einer Stunde warte ich jetzt auf das Telefongespräch. Nicht, daß es unangenehm wäre. Im Schatten sitze ich auf der Terrasse des Atlantide, beobachte das Treiben auf der Straße und warte. An das Schwitzen habe ich mich gewöhnt. Ich bin eben immer überall naß. Ab und zu bringt Momo der Hotelangestellte einen Milchkaffee. Einmal ist er losgelaufen und kam nach kaum zehn Minuten mit einem Armvoll Baguettes wieder. Er brachte mir ein halbes Weißbrot mit Marmelade auf einem Teller. Ich teilte mit den Ameisen. Ich habe gelernt, mich langsam zu bewegen und in den trägen Rhythmus des afrikanischen Tages einzusteigen. Da ich nachts kaum geschlafen habe, nicke ich immer wieder ein und verstehe jetzt auch, wieso alle hier tagsüber herumliegen und schlafen. Nachts quälen die Moskitos. Am Tag sind sie weg und man kann gut denken und dösen. Da liegt noch die Zeitung, in der gestern meine Orangen eingepackt waren. Eine Seite der L'Essor, La Voix du Peuple. Ich hebe sie auf und überfliege die Artikel. Das Blatt ist ziemlich zerrupft und verknittert, aber da ist eine kleine Meldung, deutlich zu lesen, auf französisch: Range Rover des bei der Westafrika-Rallye vermißten Industriellensohns M. René Gaillard unbeschädigt in einem Wadi in der Nähe des Sperrgebiets der Provinz Kidal, südlich von Tabankort aufgefunden. Wie M. Maurice Gaillard in Bamako erklärte ...

Er war in Bamako? Warum hat er mir das nicht gesagt? Hat er nicht behauptet, daß er noch nie in Mali war?

Ich überlege, was das bedeuten könnte. Auf der Zeitung steht nirgends ein Datum. Welchen Grund könnte er haben, mir das zu verheimlichen? Bestimmt ist er nicht Buschklasse geflogen!

Madame! Ihr Gespräch! ruft Momo.

Ich renne zum Telefon. Ein schrilles Läuten, dann Rauschen und Knacken und Pauls Stimme, sehr weit weg, so muß es sein, wenn man vom Ende der Welt telefoniert.

Hallo Paul! rufe ich in den Hörer und höre mein Echo, sehr irritierend.

Wie gehts dir, wo bist du? kommt es leise, fast unhörbar unter ständigem Rauschen und Summen zurück.

Ich bin in Gao und fahre zur Provinz Kidal. Die Sache stinkt. schreie ich und versuche das lästige Echo zu ignorieren.

Dann kommt ein Redeschwall, den ich überhaupt nicht verstehe, und dann verstehe ich:

Otto ist vergiftet worden.

Was? Paul, ich höre dich ganz schlecht.

... hat die Obduktion ... Bitte paß auf, am besten ...

Weg ist er.

Otto ist vergiftet worden? Jemand wollte ihn aus dem Weg räumen, weil er niemals aufgab. Er wollte Gerechtigkeit, lächerlich. Was ist denn Gerechtigkeit? Und wie weit hat sie ihn gebracht? Was hat es den Leuten geschadet, die er jagte, weil sie Verbrecher waren? Sie leben, er ist tot. Und ich hatte nichts Eiligeres zu tun, als in seine Fußstapfen zu treten. On the road to nowhere. Vögel singen. Momo bringt den vierten Milchkaffee. Mein Leben zerfällt in Fragmente – Otto vergiftet, Range Rover im Sperrgebiet gefunden, Maurice Gaillard in Bamako. Ich finde keine Ordnung in diesem Durcheinander. Wo ist Mamadou? Er wird mich doch nicht hier allein sitzen lassen? Nein, da steht der Toyota. Ich stürze den Milchkaffee hinunter und stehe auf. Ich brauche Bewegung. Ich muß nachdenken.

Ich gehe zum Fluß hinunter, der gestern nacht so hübsch gefunkelt hat. Der Wasserstand ist niedrig. Am Ufer liegen Menschen aus Dantes Inferno mit umwickelten Armen und Beinen, in Lumpen gehüllt. Sie teilen sich ihren Platz auf der Erde mit Käfern, Kakerlaken, Skorpionen, Ratten. Als ich an ihnen vorbeigehe, recken sie mir ihre Krücken, ihre verwesenden Hände entgegen. Hastig teile ich Münzen, kleine Scheine aus, ängstlich bemüht, sie nicht zu berühren. Lepra, das fehlte mir noch. Pfützen mit Exkrementen überall, tausende von Fliegen. Eine Frau bietet aus einer Blechschüssel Brochettes, kleine Fleischspieße an. Lieber würde ich verhungern! Was für eine Hölle. Und doch leben Menschen hier, arbeiten, essen, lieben sich, nähen wunderschöne Kleider, fädeln bezaubernde Perlenketten auf, waschen, sehnen sich, lachen, streiten. Warum sollte ich nicht ertragen können, was sie ertragen? Ich darf nicht krank werden, sonst bin ich verloren! Wirklich? Ich bin eine Europäerin, in Bamako, nur zwei Tagreisen von hier, kaum zu glauben, gibt es eine deutsche Botschaft, ich bin privilegiert, überall kann ich mir die Hilfe kaufen, die sich niemand hier leisten kann. Aber René hat seine Reise vermutlich trotz aller Privilegien nicht überlebt … Warum ist es eigentlich bedeutender wenn René stirbt und völlig uninteressant, wenn einer dieser Leprakranken stirbt oder ein armer Hund von den Banditen auf der Straße umgebracht und ausgeraubt wird? Was geht mich René an, wenn diese Leute hier mich nichts angehen? Mit jedem Tag, den ich länger in diesem Land bin, habe ich mehr Fragen. Die wenigen Antworten, die ich zuhause zu haben glaubte, sind mir abhanden gekommen.

Kinder folgen mir, sie singen irgendwelche internationalen Kindersprüche, Frechheiten, Obszönitäten. Sie bieten mir ihre Dienste an, wollen meine Wäsche waschen, mir etwas zeigen, was auch immer.

Ich setze mich auf einen Stein am Fluß, im Nu bin ich von den Kindern umringt. Sie lachen, berühren mich scheu, fordern »cadeau« und »gâteau«, wie praktisch, beide Worte klingen gleich, Geschenke und Süßigkeiten. Ich habe nichts und gebe ihnen nichts. Zwei Mädchen fangen mit einem Klatsch- und Hüpfspiel an, weil mir das gefällt und ich lache, fallen andere in einem begleitenden Gesang, ich singe mit. Sie werfen sich vor Lachen auf den Boden. Ich fühle mich herausgefordert, ein Kunststück zu machen und lasse die Fingerkuppen der rechten Hand über die Fingerkuppen der linken Hand laufen, Hexenweben haben wir das zuhause genannt, als ich ein Kind war. Die Kinder starren mich mit heruntergefallenen Unterkiefern an. Ein kleiner Junge haut mir kurz auf die Finger, alle kreischen vor Lachen. Das spornt mich an, noch mehr Kunststücke zu zeigen. Ich suche nach einem Ziegelstück und male »Himmel und Hölle« auf den Asphalt der Straße. Ich werfe den Stein und springe. Das kennen sie, sie korrigieren mich, werfen den Stein, streiten, wer zuerst darf, alles wie bei uns. Als der Hunger stärker wird, verabschiede ich mich. Sie winken – und laufen mir hinterher. Ich gehe zum Grand Marché und suche mir eine Bude, in der gebruzzelt wird. Ich ziehe mit den Zähnen die heißen Fleischstücke vom Holzstäbchen ab. Sie sind zäh. Danach gibt's Orangen. Die Kinder weichen nicht von meiner Seite. Tatsächlich werden es immer mehr. Von der Hotelterrasse winkt Mamadou.

Ich sehe, du lebst dich ein, lacht er.

Ein Mann in blaue Tücher gehüllt führt sechs Kamele am Markt vorbei. Von seinem Gesicht sind nur die beunruhigend schönen Augen zu sehen. Das ist der erste Tuareg, den ich sehe. Plötzlich steigt Begeisterung in mir auf. Ich bin im Land der Tuareg, ich bin in Afrika, das Leben ist wunderbar. Was soll mir passieren können! Die Geister lieben mich.

Ich setze mich neben Mamadou. Die Kinder bleiben am Fuß der Hoteltreppe stehen und warten.

Sie lieben dich, sagt Mamadou. Er macht eine Geste des Verscheuchens und ruft scharf etwas aus, ohne Wirkung.

Sie lieben alles, was Abwechslung bringt, sage ich. Mamadou steht auf.

Ich möchte dir etwas zeigen, komm. Wir ziehen mit den Kindern im Schlepptau zu einer Holzbude.

Das ist mein Cousin Georges, sagt Mamadou.

Sein Stand ist vollgestopft mit Touareg-Silberschmuck, Satteltaschen, Decken und Ketten. Ich nehme eine Bernsteinkette in die Hand.

Das ist nicht »Sahara-Bernstein« sagt Mamadou, nicht das Plastikzeug, das die Tuaregs tragen, seit sie ihren Schmuck verkaufen mußten. Das ist guter Bernstein. Das kannst du kaufen, wirklich.

Ich überlege noch, da kommt die junge Frau, die mich gestern zum Zauberer brachte.

Fatou, sagt Mamadou mit Wärme in der Stimme. Meine Nichte. La fille de ma soeur.

Ach so ist das. Wir begrüßen uns lächelnd.

Fanta. sagt sie.

Was?

Ich heiße Fatou, aber ich werde Fanta genannt.

Fanta, sage ich also. Enchantée. Ich bin Alex.

Wir geben uns die Hand, wobei sie ihre in meine legt und den Arm hängen läßt, als wolle sie mir Hand und Arm übergeben.

Ich kaufe die Bernsteinkette. Fanta sagt, sie hält böse Geister ab. Wozu sollte ich die abhalten, wenn sie mich doch sowieso lieben? Aber ich kann jede Hilfe brauchen.

Wenn du willst, gehen wir heute abend zu meiner Familie, schlägt Mamadou vor. Er und Fanta sehen sich wirklich sehr ähnlich. Zum ersten Mal überlege ich, wie alt Mamadou wohl ist, vielleicht vierzig? älter? Seine dunklen Locken sind von dichten grauen Büscheln durchzogen. Und Fanta sechzehn? Sie hat Brandnarben am Hals und am Arm. Ihre Haare sind zu vielen Zöpfchen geflochten. Sie trägt Perlenketten um den Hals, um die Handgelenke und um die Fußgelenke. Ihre Jeans und das T-Shirt wirken durchaus europäisch. Ihre mandelförmigen Augen sind wirklich wunderschön. Ich hoffe, sie wird nie nach Paris fahren wollen, wo sie die Schönste sein und als Model Geld wie Heu haben wird. Hoffe ich etwa, daß sie in Gao bleibt, irgendwann sieben oder acht Kinder hat, an Malaria erkrankt und den Rest ihres Lebens hungert? Es gibt etwas hier, das alle Härten aufwiegt: die Zeit. Ihr habt die Uhren, wir haben die Zeit, hat lächelnd ein alter Mann am Petit Marché neben der Polizeistation gesagt, als er meinen Chronometer sah. Zeit? Ist überall. Zeit sickert aus den Mauerritzen, Zeit liegt neben den Hunden im Sand. Zeit zerlegt die Häuser. Zeit spielt mit Kindern und Erwachsenen gleichermaßen. Ich mußte in die Hölle fahren, um die Zeit wiederzufinden.

Zwei Männer gesellen sich zu uns. Sie geben Mamadou die Hand in diesem umständlichen Ritual: Hände geben, wegziehen und Fingerschnippsen, dann klopft die rechte Faust einmal aufs Herz, das heißt, ich habe gute Absichten und öffne dir mein Herz. Gefällt mir. Sie lachen mich an und wieder einmal habe ich das Gefühl, alle wissen alles und noch mehr, nur ich weiß überhaupt nichts, außer, daß es heiß ist und daß ich Zeit habe. Aber es fühlt sich gut an. Ich weiß nichts und lasse mich überraschen. Inshallah! Irgendwas wird sich schon ereignen. Ob das die richtige Einstellung ist, um einen Vermißten zu finden? Je länger ich in diesem Land bin, umso mehr habe ich das Gefühl, daß ich nichts forcieren oder beschleunigen kann, ja, daß ich das nicht einmal muß. Seit ich hier bin, kam etwas ins Rollen. Es rollt auf mich zu, egal, wo ich bin. Alles, was ich brauche, ist die Kraft es auszuhalten. Ich muß meine Kräftc sammeln.

Elle est pas nerveuse! sagt der eine erstaunt, den Mamadou mir als Ali vorstellt. Nerveuse nennen sie es, wenn die Weißen dauernd fragen und auf die Uhr schauen und drängen und kontrollieren wollen.

Quel age? fragt Abdu, der andere.

E toi? frage ich. Er lacht. Wir sagen es beide fast gleichzeitig. Ich bin 38, er ist 28. Jedenfalls sagt er es. Ich glaube, daß er höchstens zwanzig ist, er spielt mit der Vorgabe 38 und ergänzt sie irgendwie. Ich habe das oft beobachtet, diesen spielerischen Umgang mit den Realitäten, ich würde es nicht einmal lügen nennen. Was möchtest du hören? Okay. Da hast du's. Im übrigen bin ich selbst schon ganz versiert im Umgang mit Berufen und Reisezielen. Ich denke, es muß doch Spaß machen, wenn Ethnologen kommen und dich etwas fragen. Du checkst sie ab, wie sind sie drauf, was hören sie gern, was schockiert sie? Und legst los. Und freust dich über ihre Reaktionen …

Ali, Abdu und Mamadou stehen nah beisammen und reden leise und intensiv. Es wirkt wie eine Verschwörung.

Mit ihnen bist du sicher. sagt Fanta.

Sicher? Wieso?

Sie fahren mit euch. sagt sie.

Ist das nicht noch gefährlicher? Soll ich das riskieren, allein mit drei mir völlig unbekannten Männern in die Wildnis zu fahren? Ich beobachte sie. Mamadou strahlt Ruhe und Zuverlässigkeit aus. Ali ist lustig, irgendwie kindlich. Abdu wirkt auf mich schüchtern. Und dann spüre ich, daß es gar nicht um meinen Schutz geht. Sie wollen mitfahren, weil es ihnen hier zu langweilig ist. Sie wollen Abwechslung, vielleicht Abenteuer. Wir fahren da hoch und schauen mal, was sich so ereignet. Nichts? Dann fahren wir halt wieder zurück. War ein netter Ausflug.

Sie kennen sich hier aus und sie können den Wagen flottmachen, falls er einsandet. Mir ist alles recht.

Den halben Tag schlafe ich auf meinem Bett. Köstliche Ruhe, keine Mücken, immer wieder sickert der Ruf der Händlerinnen, das Schreien der Kinder in meinen Schlaf. Ein Gefühl wohliger Sicherheit färbt meine Träume ein. Eine Händlerin gibt mir eine Kette, an der lebendige Kröten hängen. Ich lege mir die Kette um und die Kröten quaken an meinem Hals, springen von der Kette und stellen sich in einem Kreis um mich herum auf. Fünf Kröten, meine Leibwächterinnen. Plötzlich sagt hinter mir eine Stimme: warten können, und dann blitzschnell zuschlagen. Ich drehe mich um und sehe einen kleinen blauen Gecko mit goldgelbem Kopf, aber ich bin so klein wie er, ich habe selbst schuppige Haut und diese langen Fingernägel …

Ich fahre aus dem Schlaf. Der Ventilator dreht sich träge, irgendwo schlagen diese kleinen Kürbisrasseln, die so ein unverwechselbares Klicken und Rasseln machen. Ich schlüpfe erholt und glücklich in ein schwarzes dünnes Kleid und gehe hinunter. Am Treppenabsatz kann ich mich nicht beherrschen und küsse den Totenkopf.

Momo hat es gesehen und lacht mit kindlicher Freude. Und gleich läuft er in die Küche und ruft:

Café au lait.

Bien sûr! sage ich souverän. Ha, ich bin ja hier schon wie zuhause. Auf der kleinen Terrasse sitzen Fanta, Mamadou, Ali und Abdu. Mamadou, der hier nicht mehr Mama ist, der eine neue Würde hat und ganz anders aussieht als in Frau Hohensteins Puppenhaus. Sie warten geduldig, bis ich meinen Kaffee geschlürft habe, unterhalten sich leise. Fanta spielt mit den Perlen an ihrem linken Handgelenk.

Hast du gut geschlafen? fragt Mamadou.

Ich erzähle von meinem Traum. Alle starren mich an.

Du hast von einem Gecko geträumt? Das ist ein gutes Zeichen! sagt Ali. Das ist Medizin. Du mußt unbedingt zum Marabout gehen. Sie reden auf mich ein, daß Geckos heilende, heilige Medizin sind, und daß es etwas bedeutet, wenn man von ihnen träumt. Fanta steht auf und zieht mich hoch. Wir gehen alle fünf zum Fluß hinunter. Fast habe ich vergessen, was meine Aufgabe hier eigentlich ist. Es ist mir im Augenblick auch egal. Mamadou handelt mit einem Pirogenfahrer einen Preis aus und wir steigen in diesen Einbaum. Sollen wir da wirklich Platz haben? Tatsächlich quetschen wir uns alle hinein. Falls der Fluß eine Strömung hat, ist sie kaum spürbar. Die Männer müssen gelegentlich aus dem Boot springen und schieben. Ich denke an Bilharziose und Cholera, aber als wir festsitzen, ist mir alles egal und ich schiebe auch mit. Das Einsteigen ist schon etwas schwieriger. Hätte ich Hosen angezogen! Aber wie sollte ich dann wohl pinkeln? Wir fahren nach Süden. Auf der linken Seite wellen sich weiche Sandhügel. Überirdisch schön beleuchtet von der tiefstehenden Sonne. Im Stillen bedanke ich mich bei M. Gaillard für diese Reise. Als die Sonne schon untergegangen ist und es gerade noch ein wenig hell ist, steuert der Pirogenfahrer, ein wild aussehender Typ mit weißem Turban und Schleier und einem alten Armeejackett das linke Ufer an. Fanta und ich schlagen uns kichernd hinter die Büsche. Im Gänsemarsch gehen wir auf ein paar Lehmhütten zu. Auf dem festgestampften Platz davor schichtet eine alte Frau dürres Holz für ein Feuer auf. Sie schiebt trockene Gräser und Binsen drunter und zündet es an. Als sie uns sieht, läßt sie mit einem Aufschrei die Streichhölzer fallen. Sie umarmt Mamadou und Fanta und mir wird plötzlich klar, daß dieser unglückliche Umstand von Renés Verschwinden durchaus seine Vorteile hat. Wie lange wird sie Mamadou nicht gesehen haben?

Das ist meine Tante Rose, ich bin bei ihr aufgewachsen, sagt Fanta. Rose lächelt mich an und betrachtet mich ungeniert von oben bis unten. Da ich meine Schuhe in der Hand halte, deutet sie auf meine Füße und schüttelt den Kopf. Wir setzen uns auf Bastmatten auf den Boden um das Feuer. Es ist zwar heiß und das Feuer dient sicher nicht der Wärme, aber es ist ein vertrautes Gefühl, ein Feuer zu haben und in das warme Licht zu starren. Das Begrüßungsritual dauert fast eine Stunde, ça va, ça va, ça va bien. Et Mamadou? Ça va bien. Et la famille usw. Nach dem Begrüßungsritual folgt die Teezeremonie. Ein alter Mann wäscht die Gläser aus und setzt in der winzigkleinen blauen Teekanne Wasser auf. Immer wieder bläst er sachte ins Feuer, es flammt auf, das Wasser wird warm, heiß, summt, brodelt. Pfefferminzblätter werden samt Stielen hineingeschoben, kochen, brodeln, etwas in ein Glas abgießen. Der alte Mann trinkt einen Schluck, schmeckt ab, schüttet zurück in die Kanne, schenkt alle Gläser halbvoll. Wir trinken. Der erste Aufguß, sagt Mamadou, ist bitter wie der Tod. Wieder wird die Kanne aufgesetzt, hin und hergeschüttet, probiert, eingeschenkt. Der zweite Aufguß – süß wie das Leben. Wie süß wird das Leben sein, hier am Bodensatz der Gesellschaft? Wieder eine Runde, leises Lachen, Atmen, Seufzen, ein paar Worte gehen hin und her, der Tee wird probiert, ausgeschenkt. Der dritte Aufguß – leicht wie die Liebe. Schweigen. Mittlerweile ist es stockdunkel. Rose stellt einen schwarzverrußten Topf mit Hilfe eines dreibeinigen Gestells auf das Feuer. Sie haben mich vergessen, sie reden lebhaft miteinander, ich verstehe Bamako und Hohenstein und dann lange nichts. Chinesische Blechteller machen die Runde, Rose gibt uns etwas aus dem Topf, Hirse mit Fleischstückchen, sehr scharf. Fanta sieht die Tränen in meinen Augen und gibt mir Weißbrot.

Nichts trinken, sagt sie, davon wird es nur schlimmer. Nach dem Essen gibt es eine Art Bier aus einer Kalebasse. Wie doch das Ritual des Essens und Trinkens das Dazugehören und Angenommensein fördert! Ich denke an Luxor und die wilde Katze, die immer zu uns kam. Als ich sie so weit hatte, daß sie zusammen aus einer Schüssel fraßen, hörten sie auf zu kämpfen. Die Magie, die im Essen liegt! Nahrung, Wärme, Gesundheit, Krankheit, Tod – wer kocht, hat alle in der Hand. Wieso denke ich an Gift und Tod? Otto wurde vergiftet. Das paßt irgendwie besser als dieser geheimnisvolle Herzinfarkt. Er hatte kein schwaches Herz!

Gehen wir, sagt Mamadou

Wohin? frage ich.

Zum Marabout, sagt er.

Ich folge den anderen, mir folgt ein kleiner heller Hund. Gelegentlich springt er an meinen Beinen hoch oder leckt meine Fersen ab. Ich staune über die vollkommene Dunkelheit hier. Kein elektrisches Licht, keine beleuchteten Häuser. Niemand trägt eine Lampe. Anscheinend haben alle Eulenaugen. Ich bleibe dicht an Alis Fersen, um die anderen nicht zu verlieren. Über uns wölbt sich der tiefschwarze Himmel mit Millionen Punkten. Wir gehen offenbar in östliche Richtung, denn hinter uns liegt der Rest des Tageslichts wie ein feiner Lichtstreifen über dem Horizont. Ich laufe ohne Schuhe, wie zuhause, spüre den Sand, die abgerundeten Steine, gelegentlich trete ich auf Dornen und ziehe sie schnell aus der Fußsohle, laufe ein paar Schritte und der Hund, der gewartet hat, läuft mir nach. Im Atlantide in Gao liegt meine Tasche im Zimmer, mit dem Paß, dem Geld, ich habe nur ein paar Scheine eingesteckt, für den Notfall. Ein Lichtschein taucht plötzlich auf, eine weiße Wand. Wir sind da.

Mamadou spricht mit einer von Kopf bis Fuß verschleierten Frau. Sie wendet sich um und spricht mit einem uralten Mann, ganz in weiß gekleidet. Der Mann nickt. Wir hocken uns auf die Fersen vor die Hütte des Marabout. Auch hier brennt ein kleines Feuer, nicht wie unsere großen, protzigen Europäerfeuer ... es riecht nach Harz und Kräutern. Ein dürrer Zweig fängt Feuer und erhellt die Gesichter. Der Marabout schaut mich an. Ich lächle nicht. Es käme mir indiskret vor. Lange schauen wir uns in die Augen. Ich denke, daß es hierzulande unhöflich ist, Fremden in die Augen zu schauen, aber mit dem Marabout ist das anders. Er fängt an zu sprechen, mit mir, die anderen sagen nichts, übersetzen nicht. Er spricht in einer Sprache, die ich nicht kenne, aber trotzdem verstehe ich ihn. Jedenfalls habe ich das Gefühl, daß er über Gerechtigkeit spricht, die nichts mit Menschengesetzen zu tun hat. Ich sehe Knochen, Skelette, ein Feuer, es ist beunruhigend. Menschen schreien, Schüsse prasseln, lauter als das Feuer. Ich schrecke hoch. Aber da sind keine Schüsse. Es ist ganz still.

Dann spricht der Marabout leise und als er aufhört, nickt er Mamadou zu. Mamadou sagt: Wir kennen den Weg der Geister nicht, aber die Geister kennen unseren Weg noch ehe wir ihn träumen.

Der Marabout nickt mir zu.

Was ist? fragt Mamadou, weil ich zittere.

Ich sage ihm, was ich gesehen habe. Ein überraschter Ausruf.

Dann erzählt Fanta:

Wir lebten im Norden in einem Dorf. Eines Tages kamen Männer in Jeeps mit Gewehren. Sie sagten wir müßten fortgehen. Meine Mutter und mein Vater wollten nicht gehen. Sie sagten, wir sind hier geboren, wir gehen nicht. Sie zündeten unsere Häuser an. Meine Mutter schrie: lauf zu deiner Tante, lauf, sie werden dich töten. Ich lief und versteckte mich hinter einem Felsen. Gelbe Baufahrzeuge walzten das Dorf nieder ... Sie töteten alle Menschen, die nicht schnell genug wegrannten.

Ihre Hände begleiten die Erzählung, illustrieren sie. Es ist kühl geworden. Der Marabout geht in die Hütte und kommt mit einem kleinen Tuchbeutel zurück. Er legt ihn mir in die linke Hand, legt meine rechte Hand darüber und umschließt meine Hände mit seinen. Seine Hände sind knochig und warm. Meine Hände sind eiskalt. Er sagt etwas. Mamadou übersetzt.

Wenn du in Gefahr bist, mußt du dieses Pulver ausstreuen. Es wird dich retten.

Woher weiß ich. will ich sagen, aber ich verschlucke es. Meine Hände umklammern den Beutel.

Der Mond spiegelt sich auf dem dunklen Fluß, als wir zurückfahren. Die Männer paddeln zu dritt. Niemand spricht. Das Unheimliche ist zurückgekehrt. Schweigend bahnen wir uns einen Weg durch die Leprakranken. Keiner bettelt. Schweigend sitzen wir auf der Terrasse. Momo bringt ein Glas und schenkt mir Whisky ein, Teacher's, richtig guter Whisky. Woher er den wohl hat?

II.

7.

Mamadou steht vor meinem Bett. Ich rieche Kaffee und fahre hoch, springe aus dem Bett und taumle durch den Raum, stoße mich am Stuhl. Mamadou macht das Licht an. Wenn du fertig bist, fahren wir, sagt er. Seine Stimme hat einen neuen Klang. Als wir losfuhren, war er mein Chauffeur, jetzt bin ich seine Assistentin.

Warum tu ich mir das an! sage ich.

Du tust es für uns, sagt Mamadou.

Plötzlich bin ich hellwach. Was?

Du tust es für uns, wiederholt Mamadou sanft. Wir haben auf dich gewartet.

Was hat denn René mit euch zu tun? frage ich.

Du mußt packen, sagt Mamadou mit dieser weichen Stimme, die keinen Widerspruch zuläßt und nichts erklärt.

Du pain? Du beurre? fragt Momo an der Tür.

Verdammte Bande.

Mit meiner kleinen praktischen Tasche in der einen Hand, den Milchkaffee in der anderen stolpere ich die Treppe hinunter, vorbei am Totenkopf, aber als ich die Kurve nehmen will, sagt der Totenkopf: gute Reise, hab keine Angst, dir wird nichts geschehen.

Ich drehe mich um. Da ist niemand. Ich setze die Kaffeetasse am Boden ab, öffne die Tür und schrecke zurück, da steht ein langer, dünner Mann, nein, es ist nur ein Besen, über den ein Tuch gehängt wurde. Der Totenkopf spricht und in der Kammer steht ein Geist. Alles ist durcheinander. Es ist halb fünf Uhr morgens und ich bin jetzt wahrscheinlich wirklich wahnsinnig geworden. Aber ich tue es für die anderen, weil ich einen Helferkomplex habe und früher mal Krankenschwester war. Selbstverständlich bin ich neuerdings Detektivin und wer wurde eigentlich mit sechs Zehen geboren? Mamadou war's nicht, denn seine Zehen in den verblichenen grünen Gummischlappen habe ich eingehend studiert. Ob Tessalit weit von hier ist? Mit ihm kann ich beruhigt weiterfahren. Ich könnte doch meine Freundin aus dem Flugzeug besuchen, wo ich schon mal hier bin. Ist sicher nur ein Katzensprung.

Der Kaffee hilft mir zurück in die Realität. Vor dem Hotel steht das Auto. Ah, jemand hat zwei Sandbleche aufs Dach geschnallt. Das kann ja lustig werden. Lustiger als die Nacht beim Marabout? Gut, daß die Geister wenigstens den Weg kennen, wenn ich schon keine Ahnung habe. Ich bezahle meine Rechnung aus der Plastiktüte. Momo will davon zwar eigentlich nichts wissen. Bezahlen könnte ich doch, wenn ich zurückkomme! Wer weiß wann das sein wird? Vielleicht waren dann zwischenzeitlich die Bulldozer da und haben Gao plattgemacht, oder vielleicht muß er dann schon bei Hohensteins kochen? Bezahlt wird immer am Schluß und jetzt ist Schluß, will ich sagen, aber plötzlich denke ich, ich sollte das lieber nicht laut sagen.

Im Auto sitzen Ali und Abdu. Ich fahre also mit drei Männern, die ich nicht kenne, in eine Wüstengegend, die ich auch nicht kenne und die zudem von Banditen heimgesucht wird. Das wird Lilly gefallen. Hoffentlich habe ich noch einmal Gelegenheit, ihr das alles zu erzählen.

Wir verlassen Gao über den Grand Marché. Er ist verlassen und so still, wie ein Markt überhaupt werden kann. Die Scheinwerfer des Autos erfassen leere Stände, Stoffbündel am Rand der Straße, die sich als schlafende Menschen entpuppen. Mehrere Hähne krähen. Mamadou schiebt eine Kassette ein. Eine von Trommeln begleitete hohe Männerstimme, ziemlich melancholisch. Dann beginnt der Sand. An der Art, wie Mamadou den Motor hochjagt bis er singt, erkenne ich, daß er nicht gerade viel Übung mit Wüstenpisten hat, das habe ich auch nicht, aber wenn es stimmt, was Lillys Freund Shorty sagte, und Sand sich wie Schnee verhält, wäre weniger Gas mit dem zweiten Gang günstiger.

Ich nicke ein und wache davon auf, daß mir der Nacken weh tut. Es ist hell geworden. Runde Zeltkonstruktionen, über die schmutzigblaue Tücher geworfen wurden, ducken sich in den Sand. Eine Frau zieht einen blauen Schleier vors Gesicht als wir vorbeifahren, um sich vor dem Staub zu schützen. Die drei Männer unterhalten sich, ohne mich zu beachten. Um halb zwölf bleiben wir zum ersten Mal im Sand stecken. Ali und Abdu springen aus dem Auto und holen die Bleche vom Dach. Sie haben Spaß.

Soll ich helfen? frage ich.

Nein, bleib sitzen, meint Mamadou. Das ist mir auch lieber. Ich habe schon Mühe, in dieser Hitze bewegungslos zu sitzen. Mamadou gibt mir eine Wasserflasche. Er zündet sich eine Zigarette an und gibt auf das Kommando der anderen wieder Gas. Viel zu viel, finde ich, aber es funktioniert. Ali zieht aus seinem Boubou plötzlich ein paar Silberarbeiten hervor. Willst du das kaufen? fragt er. Ich muß lachen. Später vielleicht, sage ich. Er lacht auch.

Der Nachmittag vergeht mit Fahren, Einsanden, Ausschaufeln, Bleche unterlegen, Schieben, Weiterfahren. Schließlich helfe ich doch mit und als wir wieder einsanden, schlage ich vor, zu fahren. Aber das lehnt Mamadou ab. Schließlich ist er der Chauffeur!

Mit dem mitgebrachten Holz machen die Männer ein kleines Feuer und kochen Pfefferminztee. Das sanfte goldbraune Licht über dem goldbraunen Land ist so wunderschön, daß ich anfange, zu summen vor Freude.

Elle est heureuse! sagt Ali grinsend.

Wir trinken den starken Tee aus Emaillebechern und essen Baguette, Sardinen aus der Büchse und Orangen. Die Quarzsteine am Boden sind vom Sand rundgeschliffen und schimmern weiß und rötlich. Ich habe keinen Auftrag, keinen Plan. Ich lebe in diesem stillen Land mit diesen drei Männern. Der Wind fährt mit scharfen Krallen in mein weites langärmliges Hemd und bläst mir seinen heißen Atem ins Gesicht. Ich ziehe mein Tuch vor die Nase.

Es ist am besten, wenn wir hier übernachten, sagt Mamadou.

Warum fahren wir nicht weiter, es ist doch noch hell, werfe ich ein.

Hier gibt es Wasser, sagt Mamadou. Und bald fällt die Nacht.

Abdu rollt die Schlafsäcke aus. Das Feuer flüstert. Ich liege auf dem Schlafsack und lasse das goldene Licht in meine Haut einsickern. Die Sonne fällt in eine Mulde, der Wind wird heftiger.

Die dschinns tanzen, sagt Mamadou. Ein Fenneck, ein Wüstenfuchs, schleicht sich an. Seine Augen reflektieren das Feuer. Er hat Angst, aber er möchte sich etwas zu essen holen. Mamadou wirft ihm Brot hin. Er schnappt es sich. Die Männer lachen. Es wird kalt. Ich schlüpfe in den Schlafsack. Neben dem Schlafsack fängt schon der Himmel an, wölbt sich über mir und neigt sich auf der anderen Seite wieder zu mir herunter. Soviel Himmel. Die drei Männer unterhalten sich leise. Ali scheint der zu sein, der am meisten Fragen hat. Und Mamadou kommt mir mehr und mehr wie ein alter weiser Mann vor. Ich denke an Lilly. Die drei weisen Männer aus dem Morgenland, sagte meine Schwester mal zu ihr. Drei weise Männer? Das gibts doch gar nicht, sagte Lilly. Ich denke daran, wie es ist, wenn die Nacht über mein Häuschen fällt, wenn die grüne Landschaft dunkel wird und der rote Schein der Stadt aufleuchtet. Wenn die Luft klar und kühl wird, wenn der Tau über dem Gras liegt und die Geräusche der Autos lauter werden, während ihre Scheinwerfer unruhig durch die Dunkelheit tanzen. Hier ist kein Motorengeräusch, kein Flugzeug, keine Bahn zu hören, hier sind keine Drähte, keine Hochspannungsmasten, nichts. Nur dieses dunkle, sternenübersäte Universum. Die Sterne, das sind die Löcher im Himmelsmantel, sagte Lilly einmal. Die Zigarettenspitzen der Männer am Feuer glimmen auf. Was hat der verwöhnte Junge aus Paris hier gesucht? Als ich aufwache, haben die Männer schon alles ins Auto geräumt. Mamadou bringt mir Tee und Brot. Ali holt das angekohlte Holz aus der Feuerstelle, klopft die Stücke gegeneinander, um sie vom Sand zu befreien und legt sie ins Auto. Mamadou trägt zum ersten Mal keine Jeans, sondern das blaue Gewand der Tuareg. Ali und Abdu tragen weiße Gewänder. Sie sind keine echten Tuareg, grinste Mamadou, als er mir die Kleiderordnung erklärte. Er ist auch nicht echt, sagte Abdu, er ist ein Haussa, und echte Tuareg sind nicht seßhaft.

Gegen Mittag taucht ein Berg vor uns auf. Er scheint nicht weit entfernt zu sein, aber wir brauchen den Rest des Tages, um die Büsche zu erkennen, die an seinem Fuß wachsen. Und plötzlich diese wild aufwallende Freude – ich bin in der Sahara! Die Durchquerung eines Weichsandfeldes dauert Stunden. Abdu geht zu Fuß vor dem Wagen her und prüft den Untergrund, dann winkt er und Mamadou fährt ein paar Meter. Ich steige aus und laufe mit Abdu. Es ist doch völlig unwahrscheinlich, daß René auch noch dieses Sandgebiet durchquert hat – allein! Vielleicht hatte er einen einheimischen Führer. Ali meint, es gäbe einen Jungen, der ortsfreme Autos durch dieses Gebiet lotst. Als wir eine Pause machen und Tee trinken, erzählt Abdu von zwei Freunden, die hier ein Café betrieben.

Ein Café, du machst Witze, sage ich.

Nein, sagt er, hier kommen viele Lastwagen durch und auch Militär.

Unvorstellbar.

Dann kamen sie lange nicht mehr nach Gao, sagt Ali. Als ein Bruder sie besuchen wollte, fand er sie erschossen in ihrem Wellblechschuppen, der als Café diente. Soldaten hatten sie erschossen. Niemand weiß warum.

Vielleicht war der Kaffee schlecht – ich denke es nur, ich habe diesen Lachreiz, den ich als Kind immer bei Beerdigungen hatte. Wir wühlen uns weiter durch den Sand. Ich denke an den Schrei aus dem Turm in Bamako. Es ist keine gute Idee, hier herumzuschnüffeln. Zu viele schlafende Hunde!

Mamadou ist plötzlich sehr wachsam und konzentriert. Er spricht nicht mehr, er raucht nicht mehr. Seine Augen suchen die Landschaft ab. Plötzlich ruft er: Hier ist es. Er hält an. Wir steigen aus. Warum hast du gesagt: hier ist es? frage ich ihn. Ist das der Ort, wo Renés Auto gefunden wurde? Mamadou schüttelt den Kopf. Er deutet in die Landschaft. Zuerst sehe ich nur Steine, Geröll, Sand, Büsche. Dann sehe ich Steine, die eine Art Viereck bilden.

Das war unser Haus, sagt Mamadou.

Da sich die Männer links vom Wagen hinkauern, hocke ich mich rechts vom Wagen zum Pinkeln auf den Boden. Ich raffe meinen Rock und mein Tuch und spüre etwas Hartes unter meinem linken Fuß. Metall? Ich hebe den Fuß. Es ist ein Feuerzeug. Gold mit Onyx. Warum haben wir gerade hier gehalten? Hätte ich Schuhe getragen, dann hätte ich das Feuerzeug nicht gespürt. Ich lasse mich in den Sand fallen und halte das Feuerzeug.

Was ist los? Mamadou steht vor mir.

Ich halte ihm das Feuerzeug unter die Nase.

Ein Feuerzeug, sagt er.

Ich habe es gerade gefunden, sage ich.

Ja? sagt er

Es ist Renés Feuerzeug, sage ich.

Wir starren uns an. Mamadous Augen sind schwarze Seen. Ich rieche Gefahr.

Mamadou gibt mir eine Zigarette. Ich schnappe das Feuerzeug auf. Es funktioniert.

Schweigend wandern wir an Mamadous Haus vorbei, von dem nur noch der Umriß zu sehen ist. Hier war ein Dorf. Fanta hat hier gelebt. Mamadou hat hier gelebt. Er hat seine Schwester Rose und seine Nichte Fanta nach Gao gebracht. Sie sind die einzigen Überlebenden der großen Familie. Wieviele Menschen sind hier gestorben und warum eigentlich? Und was hat Renés Feuerzeug damit zu tun? Plötzlich hält mich Mamadous Hand zurück.

Wir dürfen nicht weitergehen, sagt er.

Ich will fragen, warum nicht, aber dann sehe ich es auch. Da drüben ist ein Zaun. Absurd. Mitten in der Wüste ein Zaun. Er versperrt den Weg zum Berg. Ich lasse mir Möglichkeiten für einen Zaun durch den Kopf gehen. Ein Internierungslager? Es hat immer wieder heftige Kämpfe zwischen der Regierung und den Tuareg gegeben. Eine Kaserne? Ein Gefängnis? Bei Kidal gibt es ein berüchtigtes Gefängnis für politische Häftlinge, aber Kidal liegt weiter östlich. Ali, Abdu und Mamadou reden leise, heftig miteinander. Dann bedeuten sie mir, umzukehren. Wir machen kein Feuer. Mamadou holt schweigend Orangen und Baguette. Das Brot ist zäh. Stumm schälen wir die Orangen. Ab und zu spucken wir Orangenkerne in den Sand. Mamadou gibt mir eine große Wasserflasche.

Trinken wir keinen Tee? frage ich.

Mamadou schüttelt den Kopf. Keinen Tee. Kein Feuer.

Wir schlafen im Auto.

Am nächsten Morgen will Mamadou weiterfahren, der Ort, wo das Auto gefunden wurde, liegt noch weiter nördlich. Die Männer diskutieren. Ihre Hände tanzen vor den Gewändern. Das Feuerzeug läßt mir keine Ruhe. Hier herumzuhängen kann zwar gefährlich werden, aber vielleicht kann ich etwas über René herausfinden. Und welchen Sinn sollte die Reise haben, wenn ich kurz vor der Lösung des Problems umkehre. Bei Tag scheint alles nicht mehr so gefährlich. Na gut, da steht ein Zaun. Was bedeutet das schon!

In einer Senke entfacht Ali ein kleines Feuer. Jetzt am Tag wird es niemand sehen.

Warum wurde euer Dorf plattgewalzt, frage ich, als wir Tee trinken.

Französische Geologen haben Versuchsbohrungen gemacht und irgendetwas gefunden, sagt Mamadou.

Dann schützt der Zaun vermutlich das Werksgelände, sage ich.

Der Marabout sagt, wer den Berg verletzt, bringt großes Unheil, sagt Abdu.

Wurde der Berg verletzt? frage ich.

Mamadou zuckt die Achseln und starrt hinüber zum Berg. Ich höre Lillys Stimme: Alle heiligen Berge stehen auf Uran. In Tibet, in den USA bei den Hopi. Uran. Sie graben nach Uran.

René hat das in der Zeitung gelesen und sich auf den Weg gemacht. Aber was geht ihn das an? War er ein engagierter Umweltschützer? Ein Weltverbesserer? Nein, das bringt mich auch nicht weiter.

Wir können in ein paar Stunden weiterfahren, sage ich. Aber vorher möchte ich noch einen kleinen Spaziergang machen.

Ich gehe mit, sagt Mamadou.

Nein, du bleibst hier. Falls mich jemand sieht, kann ich sagen, ich bin eine Touristin, mein Auto steht da drüben.

Ali lächelt schief und im selben Augenblick wird mir selbst klar, wie unwahrscheinlich, wie schwachsinnig das ist.

Gibt es keine Ausgrabungen, keine interessanten archäologischen Fundorte hier?

Doch. Abdu springt auf und zeigt nach Norden. Am Fuß des Bergs wurden Reste einer steinzeitlichen Siedlung gefunden. Aber die Grabungen wurden eingestellt. Ich glaube, die hatten kein Geld mehr.

Das waren Italiener, sagt Ali. Italiener haben da gegraben.

Das paßt ja wunderbar. Ich spreche italienisch, sage ich. Alle drei nicken.

Täusche ich mich oder ist da ein Zögern zu spüren. Es wird gefährlich, sie haben keine Lust mehr? Ich habe auch keine Lust, aber ich bin so weit gefahren, daß es sinnlos wäre, einfach umzukehren. Das Feuerzeug heißt nichts, jemand kann es aus dem Auto geholt und verloren haben. Ich sollte wenigstens bis zu der Stelle fahren, an der das Auto gefunden wurde, etwa eine Tagreise von hier in nordöstlicher Richtung. Und ich sollte herausfinden, ob sich jemand hier aufhält, der vielleicht etwas gehört oder gesehen hat. Vielleicht arbeiten ja französische Forscher hier, mit denen ich sprechen kann. Vielleicht gibt es irgendwo ein Büro. Nein, besser ich sage nichts von dem wahren Grund meiner Reise. Ich werde also sagen ich bin eine italienische Archäologin, die mit einem einheimischen Fahrer hier heraufgefahren ist, um die aufgegebene Grabungsstätte zu besichtigen.

Es klingt konstruiert, aber die Wirklichkeit ist oft viel absurder. Ich muß nur davon überzeugt sein.

Hast du denn eine Ahnung davon? fragt Mamadou.

Nicht viel, aber ich bin sicher, wer immer mir da begegnen könnte, hat noch weniger Ahnung als ich.

Während ich auf den Zaun zugehe, fällt mir auf, wie wenig mir die Sonne jetzt ausmacht. Ich habe mich an die Hitze gewöhnt, meine Haut ist dunkel geworden. Der Rock, das weite Hemd und der dünne Schal um meinen Kopf fächeln mir mit jedem Schritt Luft zu. Und plötzlich fällt mir ein, was Anne beim Abschied am Stammtisch gesagt hatte: der Sohn wollte dem Vater etwas beweisen. Hartnäckig blieb sie immer bei dem Problem, das René wohl mit seinem Vater hatte. Mit jedem Schritt singt es in meinem Kopf: der Vater, der Sohn. Der Vater, der Sohn. Eine Melodie wird daraus. Ich tanze mich zum Vater, zum Sohn. Der

Atem greift das Thema auf. Einatmen, der Vater. Ausatmen, der Sohn.

Der Zaun sieht ziemlich neu aus. Er ist vom Sand noch nicht mattgeschliffen. Ich gehe am Zaun entlang nach Norden. Einmal drehe ich mich um und vom Auto, von den drei Männern ist nichts mehr zu sehen. Jetzt bin ich allein auf der Welt. Wenn ich sie nicht wiederfinde, bin ich verloren. Ich habe eine Wasserflasche dabei. Sie wird nicht lang reichen. Ein plötzlicher Schwächeanfall zwingt mich, auszuruhen. Ich setze mich. Trinke einen Schluck. Ich bin Archäologin auf der Suche nach der Vergangenheit. Aber ich habe einen Gedächtnisverlust. Ich weiß, ich bin ganz nah an der Wahrheit, aber irgendetwas trennt mich von der Erkenntnis. Ich muß aufstehen und weitergehen. Keine Zeit verlieren! Aus dem rötlichbraunen Boden springt mir plötzlich ein buntes Bild entgegen, wie ein Stück einer ägyptischen Vase. Scherben von einem Gefäß? Ich bücke mich. Es ist eine Schachtel. Sie ist leer. Ramses II. Die Zigarettenmarke von René. Mein Mund ist trocken. Ich stecke die Schachtel in die Rocktasche. Meine Hände zittern. Über mir kreisen zwei Krähen. Sie schimpfen. Wo Krähen sind, sind Menschen. Immer wieder fliegen sie im Sturzflug herunter und kurz vor dem Boden bremsen sie ihren Flug und steigen wieder auf. Zuerst denke ich, sie wollen mich vertreiben. Dann sehe ich, daß ein größerer Vogel halb verdeckt hinter einem Felsbrocken sitzt. Er beachtet mich nicht, er beugt sich zur

Erde. Ich habe noch nie einen Geier gesehen. Als ich näherkomme, sehe ich die anderen beiden Geier hinter dem Felsen. Als sie mich kommen sehen, fliegen sie auf, der dritte macht zwei, drei plumpe Schritte zur Seite und schlägt einmal mit den Flügeln. Er wartet. Ich gehe um den Felsen herum. Zuerst höre ich die Fliegen. Dieses unerträgliche grausame Summen vieler Fliegen. Dann sehe ich einen braunen Trekkingschuh und ein beiges Hosenbein. Die Fliegen schwärmen auf, als ich mich über den Mann beuge. Es ist René oder was noch von ihm übrig ist. Die Fliegen setzen sich wieder dorthin, wo sein beiges Hemd blutig ist. Seine Augen sind offen, seltsam nach oben verdreht. Der Mund ist leicht geöffnet. Fliegen überall auf dem von Sand fast bedeckten Körper. Ich presse mein Tuch über Nase und Mund, gehe zurück hinter den Felsbrocken und setze mich in den Sand. Meine Aufgabe ist beendet. René ist an einem Zaun im Norden von Mali, mitten im Nichts gestorben.

Kein schöner Anblick, was? sagt eine Männerstimme auf französisch, aber es ist französisch mit einem deutschen Akzent. Ich fahre herum. Da steht ein großer blonder Mann. Da steht Otto. Nein, ich habe Halluzinationen, das ist nicht Otto. Aber er hat rotblonde Haare, er ist groß wie er. So wie er jetzt lächelt, habe ich Mühe, nicht loszuheulen.

Ich wische mir mit dem Tuch übers Gesicht. Er zieht ein blütenweißes Taschentuch aus der

Hosentasche und gibt es mir. Es riecht nach einem Dior-Rasierwasser, das Otto benützt hat. Alle Abenteurer erfüllen das selbe Klischee, denke ich.

Wer sind Sie? fragt er.

Ich bin Alex Felder, Archäologin. Ich suche den aufgelassenen Grabungsplatz, stottere ich.

Den Grabungsplatz, sagt er gedehnt. Er lächelt. Was soll denn da gefunden worden sein?

Eine Siedlung, Gräber, Amazonite ... sage ich. Und sofort weiß ich, daß das ein großer Fehler war.

Sie wollen Archäologin sein und wissen nicht, daß hier das bedeutendste Schlüsselgrab der ganzen Sahara gefunden wurde? fragt er schneidend. Stehen Sie auf.

Ich stehe sofort auf. Die Rocktasche ist ziemlich klein und als ich mich aufrichte, fällt die sperrige Zigarettenschachtel heraus. Er beugt sich vor und hebt sie auf, reicht sie mir. Lächelt nur mit dem Mund, die Augen bleiben kalt.

In Europa scheinen alle dieselbe Marke zu rauchen, sagt er. Blut schießt mir ins Gesicht.

Kommen Sie mit! sagt er.

Wer sind Sie denn überhaupt? frage ich, als würde es einen Unterschied machen.

Mein Name, sagt er leise, emotionslos, ist Jean-François Kleber. Ich bewache diesen Laden hier.

Wir gehen weiter am Zaun entlang. Er geht vor mir her, aber es hätte überhaupt keinen Sinn, wegzulaufen. Er hat mir zwar keine Waffe gezeigt, aber ich bin sicher, er hat eine. Und selbst wenn er keine bei sich trüge, wäre ich nicht schnell genug. Ich könnte nur zum Auto laufen und die anderen mit ins Verderben reißen.

Wir kommen an ein Tor. Alles in mir sträubt sich, durch dieses Tor zu gehen, aber ich habe keine Wahl. Im Inneren des Zauns steht an einen Felsen gelehnt eine Baracke aus Fertigteilen.

Gehen wir hinein, sagt er. Es ist zu heiß tagsüber.

Das Innere der Baracke ist eine Überraschung. Über einem breiten Bett liegt ein bunter Kelim. An der Wand hängt ein Plakat von einer Peer-Gynt-Theateraufführung der Schaubühne in Berlin. Ein schmales, hohes Bücherregal ist restlos vollgestellt. Heidegger, Husserl, Nietzsche, Pierre Loti, Dostojewski, Paul und Goldy Parin, André Glucksmann, ein Katalog einer Paula-Rego-Ausstellung, Franz Fanon: Die Verdammten dieser Erde, Che Guevaras Bolivianisches Tagebuch. Seltsame Mischung.

Setzen Sie sich. Er zeigt auf das Bett. Leider habe ich nur einen Stuhl.

Er gießt aus einer Thermoskanne Kaffee in zwei Tassen, reicht mir eine. Setzt sich auf den Stuhl. Das könnte der Anfang einer interessanten Unterhaltung sein. Es ist der Anfang vom Ende. Das Innere der Baracke ist überraschend kühl.

Meine Augen suchen die Einrichtung ab. Da hängt eine Unterhose über dem Schlüssel des

Schranks, diese plötzliche Intimität verunsichert mich. Unter dem Fenster, das zum Felsen hinausgeht, ist so etwas wie ein Kasten von einer Klimaanlage. Ich stehe auf und gehe zum Fenster.

Sie wird mit Solarzellen betrieben, sagt er. Ich möchte nicht lebendig gegrillt werden.

Auf dem schmalen antiken Tisch liegt aufgeschlagen ein Buch von Peter Beard.

Interessanter Fotograf, Peter Beard, sage ich.

Ja, sagt er, Beard ist ein romantischer Mann.

Er geht zum Bett, neben dem eine Stereoanlage steht und legt eine Platte auf. Charly Parker.

Sie hören Charly Parker? frage ich entgeistert.

Warum nicht? fragt er amüsiert zurück.

Leben Sie hier ganz allein?

Er nickt.

Es ist öde. Man könnte verrückt werden. Aber es ist mein Job. Ich habe schon Schlimmeres erlebt. sagt er.

Das Saxophon schraubt sich in die Höhe.

Was denn? frage ich.

Ich war in der Fremdenlegion, sagt er achselzuckend.

Sie sind Deutscher. sage ich.

Er nickt.

War lange nicht dort, sagt er. Nichts zieht mich hin.

Ich setze mich wieder aufs Bett und trinke den Kaffee. Er schmeckt gut. Eigenartig behaglich ist diese Falle, in die ich gelaufen bin. Ich ertappe mich dabei, wie ich mich freue, in meiner Sprache kommunizieren zu können. Das hat mir in den letzten Tagen wirklich gefehlt.

Wie lange sind Sie schon hier?

Ist das ein Verhör? fragt er lächelnd.

Nein, sage ich, und es stimmt. Ich möchte es wissen.

Drei Monate, sagt er.

Drei Monate allein hier draußen. Ich schüttle den Kopf. Wer versorgt Sie?

Ab und zu kommen Ingenieure. Wenn sie hier sind, kann ich nach Gao fahren und einkaufen. Sie bringen mir auch Kaffee und Delikatessen aus Frankreich mit. Er trinkt einen Schluck. Sie haben einen verschwundenen Mann gesucht. Sie haben ihn gefunden. Zufrieden?

Woher wissen Sie, daß ich ihn gesucht habe? frage ich.

Er lacht. Schüttelt den Kopf.

Von da wo Sie stehen, wirkt vielleicht alles etwas rätselhaft. Aber aus meiner Sicht ist alles völlig logisch. Es war klar, daß irgendwann jemand auftauchen und die Spur bis hierher verfolgen würde. Das war nur eine Frage der Zeit. Und – ich hatte nicht mit Ihnen gerechnet. Eigentlich dachte ich, ein Mann würde kommen. Das hätte es für mich leichter gemacht. Im Grunde spielt es keine Rolle mehr, die Verträge sind unterschrieben, ich werde jetzt von der Regierung bezahlt … Das Projekt ist nicht mehr gefährdet, aber da gibt es diesen Toten.

Warum haben sie ihn nicht begraben? frage ich.

Versuchen Sie, hier etwas zu begraben, sagt er, der Wind holt alles wieder ans Licht.

Er steht auf und kommt zu mir, schaut mich ernst an und bricht dann in ein warmes, fröhliches Lachen aus. Wieder schüttelt er den Kopf.

Sie haben Mut, das muß ich sagen.

Ich war verzweifelt, sage ich fast gegen meinen Willen.

Er schaut mich fragend an.

Es geht ihn nichts an, hämmert es in mir, aber schon habe ich es gesagt.

Mein Freund ist gestorben. Ich wurde fast wahnsinnig.

Er nickt.

Die Überraschung ist doch, daß es immer etwas gibt, das noch schlimmer ist, sagt er nachdenklich.

Da ist dieser Schmerz, er hämmert durch alle Zellen, du denkst, er soll aufhören. Du willst nur, daß es aufhört, du würdest alles tun, und wenn du diesen einen Schritt zu weit gegangen bist, merkst du, daß dieser Schmerz nichts war, im Vergleich zu der Hölle, in die du eingetreten bist. Es braucht die größte Kraft, diesen Schritt zu weit nicht zu gehen, aber niemand hat diese Kraft. Weil wir keinen Überblick haben. Kennst du das? Übergangslos ist er in das vertraute »du« gefallen, obwohl ein Mann und eine Frau, die sich nicht kennen, das erst tun, wenn sie sich geküßt oder geliebt haben.

Er steht auf, geht ein paar Schritte, überlegt, sucht ein neues Päckchen Zigaretten.

Die Souveränität ist aus seinem Gesicht verschwunden. Er sieht müde und resigniert aus.

Klar kenne ich das, sage ich. Aber im nächsten Augenblick merke ich, daß er mich getäuscht hat. Er spielt mit mir. Er ist zum Fenster gegangen, um zu prüfen, ob mir jemand gefolgt ist.

Als habe er meine Gedanken gelesen, sagt er. Du verstehst schnell.

Ich unterdrücke den Impuls, ihm zu antworten. Da mir offenbar keiner der Männer gefolgt ist, kommt er wieder zurück zum Bett, auf dem ich sitze. Er setzt sich neben mich.

Hast du auch die Dorfbewohner erschossen? frage ich. Ich sollte das nicht fragen, denn wenn er mir eine Chance gegeben hätte, dann habe ich sie jetzt verspielt.

Welchen Unterschied macht das schon, sagt er achselzuckend. Wir sind gefangen, jeder in seinem eigenen Labyrinth. Die einen machen sich schuldig, weil sie Täter sind, die anderen, weil sie zusehen und nichts tun. Ich habe keinen Spaß am Töten. Ich führe Anweisungen aus. Früher habe ich von allen Menschen, die ich getötet habe, die Ohren aufbewahrt. Eine Kette von Ohren. Sie sind leicht abzutrennen.

Da ist wieder dieser Reflex, im schrecklichsten Augenblick zu lachen. Ich gebe ihm nach, ich lasse mich auf das Bett rückwärts fallen und lache. Vielleicht bin ich ja schon im Inferno, wie Dante es sich vorstellte, oder in den 49 Tagen des tibetischen Totenreichs.

Trink deinen Kaffee, sagt er.

Ich höre auf zu lachen. Über dem Bett hängt ein Samuraischwert.

Alex, sagt er sanft. Schöner Name. Hast du keine Schuhe?

Ich mag Schuhe nicht besonders, sage ich.

Er nimmt meinen rechten Fuß und massiert ihn. Es tut gut. Ich schließe die Augen.

Er hebt meinen Körper hoch und legt ihn ganz aufs Bett. Dann nimmt er meinen linken Fuß und massiert ihn genau wie den rechten. Sein Daumen fährt den Innenbogen des Fußgewölbes ab. Er arbeitet wie ein Handwerker. Jede Bewegung sitzt ganz genau. Er hält jetzt beide Füße in beiden Händen. Die Berührung der Innenbögen stellt die Brustwarzen auf. Er legt meine Füße ab, steht auf und zündet Kerzen an. Es ist dunkel geworden.

Übergangslos fangen meine Zähne an zu klappern. Warum wehre ich mich nicht. Ich bin allein mit einem Mörder. Ich könnte es ihm wenigstens schwer machen. Aber ich kann nicht. Wie hypnotisiert liege ich da, atme den Hauch von einem Duft von Dior ein, genieße die Vertrautheit, die keine ist, inmitten dieses fremden Landes.

Mißtraue dem Vertrauten, mach dir das Unheimliche vertraut, wer hat das einmal zu mir gesagt? Mit geschlossenen Augen taste ich mich durch die Nase an den Körper dieses Mannes heran. Er hat mein Gefühl für Gefahr, mein Verantwortungsgefühl, meine Überzeugungen, meine Moral ausgeschaltet. Plötzlich taucht ein Bild in meiner Erinnerung auf: Luxor hatte fast eine Stunde lang eine Maus gehetzt und schließlich waren beide fix und fertig. Beide lagen mit ausgestreckten Beinen nebeneinander auf dem Holzboden. Luxor wartete, bis die Maus aufhörte, Adrenalin zu produzieren und mit der ersten Endorphinausschüttung fraß sie die Maus und ging mit ihr auf Trip.

Ich bin die Maus.

Er liegt neben mir auf dem Bett. Seine Hand wandert träge über meinen Körper. Kein Übergriff. Die Hand wartet die Antwort des Körpers ab, dann geht sie weiter. Er genießt es. Ich genieße es. Kein Fluchtreflex, keine Panik.

Zieh deine Schuhe aus, sage ich.

Warum gerade die Schuhe? fragt er.

Weil ich sehen will, ob du sechs Zehen hast, sage ich.

Habe ich nicht, sagt er.

Erleichterung steigt auf. Wie könnte er mir gefährlich werden, wenn er nicht mit sechs Zehen geboren wurde?

Du hast wohl den Verstand verloren, sagt irgendwo in meinem Kopf Otto. Du wirst dich doch nicht auf das Orakel deiner Freundin verlassen. Du bist in Lebensgefahr, du mußt rennen. Es ist dunkel, das ist deine Chance.

Du bist doch nur eifersüchtig, denke ich.

Ich will nicht rennen. Dieser Mann hier webt mich in eine besondere Art der Hypnose. Ich bin bewegungsunfähig, aber ich will mich gar nicht bewegen.

Geboren werden, essen, trinken, verdauen, lieben, hassen, sterben, singt es in mir. Kühle Nacht. Die Sterne sind ausgesperrt, nur ein Samuraischwert über dem Körper eines Mörders, über meinem Körper. Die Klimaanlage scheppert leise. Draußen verwest der Körper von René noch ein wenig mehr.

Schweißnaß liegen wir aneinander.

Worum geht's denn hier eigentlich? frage ich. Was sucht diese Firma hier? Was bewachst du?

Uran, sagt er. Das steht morgen alles in der Zeitung.

Uran ist out, sage ich, Atomkraftwerke werden stillgelegt, Atombomben sind die Waffen von gestern.

Er dreht seinen Kopf zu mir. Mit einem fremden, kalten Blick mustert er mich.

Für mich spielt's keine Rolle, sagt er dann. Söldner werden immer gebraucht.

Mütter auch, sage ich. Er lacht laut auf.

Eigenartig wie ruhig du bist, obwohl du weißt daß du sterben wirst, sagt er und streckt sich nach dem Päckchen Zigaretten und dem Feuerzeug. Er zündet mir eine an und steckt sie mir sanft zwischen die Lippen.

Wieso, wir sterben doch alle. Ist ja nur eine Frage der Zeit. sage ich und bin zu meiner eigenen Überraschung ganz ruhig. Die Todeskandidatin raucht ihre letzte Zigarette. Wo ist eigentlich das

Pulver vom Marabout? Ach ja, in Griffweite neben mir. Bin ich schon in Lebensgefahr?

Irgendwann schlafe ich ein.

Ich wache auf, er hat den Kopf auf eine Hand gestützt und betrachtet mich wie ein Käfersammler einen seltenen Käfer.

Ich muß pinkeln, sage ich. Wo kann ich?

Draußen, sagt er. Aber ich weiß, daß ich die Tür nicht erreichen würde. Ich greife nach meinem Rock. Da ist das Päckchen mit dem Pulver. Ich puste ihm das Pulver ins Gesicht, raffe meine Kleider zusammen und renne. Soll er mich von hinten erschießen.

In diesem Augenblick weiß ich, daß ich diese Reise nicht für Paul, nicht für diesen unglücklichen Jungen oder seinen Vater, sondern allein für mich gemacht habe. Ich war im Begriff, meine Lebensenergie an einen Toten zu verlieren. Jetzt brauche ich sie ganz für mich, gegen diesen Mann, der mich töten wird, wenn ich nicht ganz schnell renne. Ich lasse die Tür offen stehen. Hetze durch den Sand. Ich trete auf denselben flachen Stein, auf den ich schon getreten bin, als ich mit dem Söldner zur Baracke ging. Vertrautes Gefühl. Das Tor zu finden, ist kein Problem. Ich höre ihn stöhnen. Cool bringt er andere um. Aber es fühlt sich immer anders an, wenn man selbst dran ist. Es befriedigt mich, daß meine Theorie bestätigt wird: gewalttätige Männer sind wehleidig.

Verdammt, du hast mich blind gemacht schreit er. Ich höre ihn gegen die Wand schlagen.

Schlau, dieser Marabout!

Ich renne am Zaun entlang, immer weiter, bis der Zaun aufhört, weiter, weiter, weiter. Spitze Steine unter den Füßen, die schmerzen, weiter, weiter. Sand, da heben sich rechts Felsen ab. Da liegt René, der nichts mehr wahrnimmt von der Stille dieser Nacht. Keine Geier, kein Geräusch. Wo könnte das Auto sein? Ob sie gewartet haben? Nichts ist zu sehen. Na klar, sie machen kein Feuer. Sie sind gefahren. Ich muß rennen. Ich umklammere keine Kleider. Dann ist kein Zaun mehr neben mir, ich laufe in die offene Landschaft, weiter, weiter. Wohin? Egal, ich muß laufen, bis ich nicht mehr weiterkann. Das ist meine Rallye.

Ich wache auf und weiß nicht wo ich bin. Mein Kopf schmerzt in der glühenden Sonne. Er hat mich also noch nicht erwischt. Felsen, Sand, brennende Sonne. Ich habe nichts zu trinken, dann werde ich wohl hier sterben. Besser hier als von seiner Hand. Ich stehe auf und suche Schatten, keine Chance. Der Wellenschlag der heißen Luft liegt auf der steinigen, sandigen Ebene vor mir. Er darf mich auf keinen Fall finden. Oder ist das jetzt auch schon egal? Ich ziehe den Rock an, das Hemd. Nirgendwo ist ein Zaun, eine Baracke, ein Lebenszeichen von einem Menschen, als hätte ich alles nur geträumt. In welche Richtung soll ich gehen? Ich könnte meinen Fußspuren zurück folgen, aber dort ist der Killer. Wie lange wird das Pulver wirken? Wie weit bin ich von Jean-François schon entfernt? Wie weit reicht die Macht des Zauberers? Ich setze mich in Bewegung, schlinge den Schal um den Kopf und gehe. Sand, Geröll, spitze kleine Steine, Sand. Die Sonne brennt mich nieder, aber ich gehe. Schon lange habe ich keine Ahnung mehr, wo ich bin, wohin ich gehe. Ich muß nach Süden, aber die Sonne steht direkt über mir, wie soll ich den Süden finden? Mein Durst ist überwältigend. Ich setze einen Fuß vor den anderen und fange an zu delirieren. Ich sehe viele Menschen, Häuser, einen Brunnen. Ich schließe die Augen und lasse die Füße führen. Irgendwann habe ich das Gefühl, auf Kröten zu treten und kann kaum noch einen Schritt tun. Der Boden gibt unter mir nach. Die Lippen liegen wie rissige Hölzer aufeinander. Ich stecke die Hände in die Rocktaschen. Da ist noch der Beutel vom Marabout. Ich umklammere ihn. Mit dem Rest des Pulvers kann ich mich noch zur Wehr setzen. Aber ich habe keine Kraft mehr. Meine Haut ist verbrannt und schmerzt. Ich kann nicht mehr weiter. Ein Lachen steigt auf und bleibt in der ausgedörrten Kehle stecken – alle suchen das Licht. Haben sie die Gnadenlosigkeit der sengenden Sonne nie gefühlt? Kennen sie die wohltuende Sanftheit des Schattens nicht? In einem blendend-klaren Augenblick weiß ich plötzlich alles. Auf alle Fragen gibt es nur eine Antwort, aber ich verliere sie als ich stürze.

8.

Abdullah Ibrahim beobachtete die großen Vögel. Sie sammelten sich hinter dem Felsen und flogen große Kreise. Hatte er eine seiner Ziegen verloren? Er beschloß, nachzusehen, denn die Vögel waren Geier.

Weil das Kleid schwarz war, sah er sie sofort. Sie lag mit dem Gesicht nach unten mit ausgebreiteten Armen auf dem Sand. Sie war tot. Nein, sie konnte nicht tot sein, sonst wären die Geier schon gekommen. Sie atmete, sie stöhnte sogar kaum vernehmlich. Die linke Hand war zur Faust geballt. Als Abdullah die Finger löste, fiel ein kleiner Stoffbeutel heraus. Er steckte ihn ein.

Abdullah nahm seinen Chech ab und bedeckte damit die ganze Gestalt. Dann öffnete er den Verschluß seines Wasserschlauchs und drehte die Frau vorsichtig so weit um, daß er ihr Wasser in den Mund gießen konnte. Zuerst lief es einfach wieder heraus, aber plötzlich schluckte sie und stöhnte. Nicht zu viel, sagte er, aber sie verstand ihn nicht. Er blieb bei ihr, bis sie in langsamen kleinen Schlucken den halben Ziegenschlauch ausgetrunken hatte. Dann lief er, um Hilfe zu holen. Sein Vater ritt mit einem Kamel und zog ein zweites. Abdullah mußte sich zu der Frau aufs Kamel setzen und sie halten.

Tagelang lag sie im abgedunkelten Zelt. Abdullah brachte ihr Wasser und kleine Pfannkuchen. Sie stöhnte und wimmerte. Sie sprach nicht.

Sie wird sterben, sagte der Vater.

Titi, Abdullahs Schwester, kochte einen Kräutersud und wusch die Frau damit von Kopf bis Fuß.

Fanta? murmelte die Frau.

Titi setzte sich zu der Frau und sang. Dann holte sie Tee und flößte der Frau den starken, süßen Pfefferminztee ein.

als ich starb kam ich in das land der dunkelheit. alles war ruhig. hände strichen um mich, hielten mich, claire spannte ihren regenschirm auf und lachte. eins nach dem anderen lösten sich meine körperteile von mir und flogen davon. am ende blieb nur ein blauer punkt übrig, der pulsierte. das war ich. ich flog zu den sternen und drehte mich. ich war leicht, frei. trink noch einen wodka, sagte emma. ich bin schon betrunken, sagte ich. und ich habe gar keinen mund. aber da kam mein mund geflogen und setzte sich auf den blauen punkt. zwei füße schwebten über mir. kommt. sagte mein mund. die füße senkten sich und klinkten sich in den blauen punkt ein. der wuchs, dehnte sich, zog sich zusammen. knochen tanzten in der luft, berührten sich, schlugen einen rhythmus, die wirbel rollten sich ein wie eine schlange. wo ist denn der kleine finger knochen? sang eine stimme. atmen, sagte meine großmutter. die arme flogen heran. da war mein körper wieder. die arme nahmen ihren platz ein. die beine. der bauch, der kopf. da waren auch meine brüste. ein gesang legte die hände auf die brüste, bewegte das herz, ließ es ruhig und gleichmäßig schlagen. da war auch die zunge. sie spielte mit den zähnen, strich über die lippen, die rauh und aufgerissen weit offen standen. ich schwamm durch ein altes fabrikgebäude, das unter wasser stand, mein körper trieb an alten verrosteten gerätschaften vorbei, von einem raum in den nächsten. das wasser schimmerte grün. mein körper stieß an der modrigen, von algen überzogenen wand an und trieb weiter. da stand ein riesiger ofen, das ofenloch war geöffnet. die strömung zog mich zum ofenloch. ich versuchte mich dagegen zu stemmen, aber die strömung war stärker.

nein! schrie ich.

Nein! schrie die Frau und setzte sich plötzlich mit weit aufgerissenen Augen auf. Titi redete beruhigend auf die Frau ein. Sie schrie und schrie.

Titi rief nach den Männern.

Wo bin ich? fragte die Frau auf französisch.

Sie sind in Sicherheit, sagte der Vater.

Mit wildem Blick schaute sich die Frau um.

Wo ist Jean-François? fragte sie panisch.

Sie sind allein, sagte der Vater. Wir haben Sie gefunden, Sie waren halbtot.

Wo ist der Marabout? fragte die Frau

Sie will den Marabout, sagte der Vater.

Sie hatte einen Beutel vom Marabout, sagte Abdullah und holte den Beutel aus seiner Hosentasche.

Wir sollten sie zum Marabout bringen, sagte Titi.

Kamele wurden bepackt.

Wir bringen sie am besten zum Wächter der französischen Firma, meinte der Vater. Der hat ein Auto.

Nein, nein, schrie sie, nicht zur französischen Firma. Sie schlug um sich.

Der Vater und Abdullah sahen sich ratlos an.

Gao, flüsterte die Frau, ich will nach Gao.

Die Familie beriet die Situation.

Du mußt ein Auto anhalten, sagte der Vater. Die Frau muß zu einem Arzt.

Sie muß zum Marabout, sagte Titi.

Abdullah machte sich auf den Weg. Er setzte sich am Rand der Piste nieder und wartete. Er zog eine kleine Flöte heraus und spielte. Er wartete stundenlang. Ein Toyota näherte sich. Abdullah winkte. Der Toyota hielt. Auf der Seite stand »SGG«, daneben ein Firmenlogo. Ein großer blonder Mann beugte sich aus dem Fenster.

Was willst du? fragte er.

Haben Sie Aspirin? fragte der Junge.

Wozu brauchst du Aspirin? fragte der Mann.

Ich habe Zahnschmerzen, sagte der Junge.

Ich habe kein Aspirin, sagte der Mann. Hast du eine europäische Frau gesehen?

Der Junge lachte. Eine europäische Frau? Hier?

Er begann wieder auf seiner Flöte zu spielen. Der Mann fuhr weiter.

Der Junge sah die Staubwolke ehe er den Wagen sehen konnte. Er sprang auf und winkte. Vor ihm tauchte ein Lastwagen mit riesigen Reifen auf. Einer der Versorgungslastwagen für Tessalit. Der Junge mußte noch weit laufen, bis er den Lastwagen erreichte, der langsam zum Stillstand kam.

Kannst du eine Frau mit nach Gao nehmen? fragte der Junge. Sie braucht einen Arzt. Sie liegt bei uns im Zelt. Der Lastwagenfahrer nickte und öffnete die Beifahrertür.

Steig ein, sagte er.

Abdullah stieg ein und der schwere Laster fuhr einfach quer durch die Landschaft, wie Abdullah es ihm sagte, bis das Zelt auftauchte. Da stand eine weiße Frau ganz in schwarz gekleidet, mit einem blauen Schal um den Kopf geschlungen, gestützt von einem dünnen Mädchen in blauen Kleidern. Die weiße Frau schaute mit angsterfüllten Augen um sich. Abdullah öffnete die Beifahrertür, Titi half der Frau beim Einsteigen.

Dann stieg sie selbst auch ein, auf ihrem Gesicht lag ein abenteuerlustiges Lächeln.

Der Lastwagenfahrer fuhr los, neben sich Abdullah, die Frau und Titi. Die Frau fing an zu weinen, Titi legte ihren Arm um sie. Der Lastwagen fuhr mit hoher Geschwindigkeit geradewegs nach Süden, ohne sich an eine Piste zu halten.

Haben Sie sechs Zehen? fragte die Frau plötzlich den Lastwagenfahrer. Er lachte noch als sie Gao erreichten.

9.

Attachez vos ceintures! sagt die Stewardess. Mechanisch folge ich ihrer Stimme. Meine Augen wandern hinaus in das goldene Abendlicht. Auf dem Flug von Gao nach Bamako hat sich niemand um die Sicherheitsgurte gekümmert!

Die Geister lieben dich, hatte mir Mamadou zum Abschied zugerufen. Gao war im Staub versunken. Ich hatte Glück und bekam einen Platz in der Nachtmaschine nach Paris. Aber erst seit das Flugzeug in der Luft ist, fühle ich mich wirklich sicher.

Vom Flughafenbüro aus habe ich Sarah Fainright angerufen.

Ich kann Sie nicht mehr besuchen, sagte ich, mein Flugzeug fliegt in einer halben Stunde. Ich erzählte ihr von der Fahrt mit Mamadou und von Jean-François und nichts von der Nacht mit ihm. Ich würde niemals jemandem davon erzählen.

Ich bin froh, daß Sie noch leben, sagte sie. Hatten Sie Erfolg?

Ich mußte lachen. Eine kurze Formel für ein komplexes Netz von Katastrophen und guten Ausgängen.

Ich erzählte ihr alles, erzählte ihr Fantas Geschichte, wie ihr Dorf zerstört, die Menschen umgebracht worden waren.

Holy Shit, sagte sie andächtig.

Ich wußte, wenn es einen Weg gab, Gerechtigkeit einzufädeln, dann über Sarah.

Besuchen Sie doch mal Mamadou bei den Hohensteins, schlug ich vor. Sie müssen ihn unbedingt kennenlernen.

Ich erklärte, wo Hohensteins leben und es stellte sich heraus, daß sie praktisch Nachbarn waren. Kein Wunder. Alle Ausländer wohnten im gleichen Viertel.

Den Besuch müssen Sie aber irgendwann nachholen. Ich kühle schon mal das Bier, sagte sie.

Ich komme wieder, sagte ich und wußte, daß es die Wahrheit war.

Ich esse Couscous. Die Stewardess bringt Zeitungen. In der ersten Klasse gibt es alles. Ich denke an Claire, die Krankenschwester aus Tessalit. Sie wird sich zum Rückflug wieder alles selbst mitbringen. Ich schlage L'Essor auf. Der Präsident der SGG, M. Gaillard empfing zusammen mit dem Direktor der SGG Mali, M. Hohenstein, gestern in Paris M. Traoré, den Beauftragten der Regierung von Mali. Die Versuchsbohrungen der SGG waren erfolgreich. Ab September wird auf dem Gelände der SGG Uran abgebaut werden, lese ich. Der Vater, der Sohn. Das war es, was René herausgefunden hatte. Sein Vater hat ihn auf dem Gewissen. Ich denke an seine halbverweste Leiche. Der Gestank taucht wieder in meiner Nase auf. In diesem Lastwagen war meine Erinnerung zurückgekehrt. Abdullah hatte mir von dem blonden Mann erzählt, der nach mir gefragt hatte. Seiner Geistesgegenwart und der liebevollen Fürsorge seiner Schwester verdanke ich mein Leben. Ich konnte schließlich alles nur mit Geld vergüten, was sie für mich getan haben. Aber in einem Land wie Mali ist Geld nicht die schlechteste Lösung.

Ich schlafe ein, als der Film gespielt wird. Ich behalte sogar den Kopfhörer auf. Es beruhigt mich, daß Englisch gesprochen wird.

Leer und verlassen ist um sechs Uhr früh der Flughafen Charles de Gaulle. Ich bin wieder in Sicherheit. Ich muß lachen. Die Sicherheit der Europäer. Mit großer Wärme denke ich an den letzten Abend in Gao. Wir haben bei der Familie von Mamadou und Fanta gegessen. Der Marabout saß in der Ecke. Er sagte kein Wort. Er schaute mich an und lächelte.

Vor dem Gate, an dem der Flug nach München aufgerufen werden soll, lege ich mich ein wenig schlafen. Als ich aufwache, weiß ich es: die Archäologen mußten aufhören zu graben, weil sie die Uranbohrungen störten. Niemand durfte wissen, was da vor sich ging. Niemand sollte erfahren, wie die Gesellschaft, Maurice Gaillards SGG, das Land an sich gebracht hatte. Die Naivität, mit der ich mich als Archäologin ausgeben wollte! Neben mir sitzt ein Mann und telefoniert mit seinem Mobiltelefon. Als er fertig ist, bitte ich ihn, ein Stadtgespräch führen zu dürfen. Er reicht mir sofort das Telefon. Ich wähle Gaillards Nummer. Eine Frau antwortet.

Ich möchte M. Gaillard sprechen, sage ich.

Das ist noch nicht möglich, sagt sie.

Oh doch, sage ich. Ich bin die Frau, die seinen Sohn gefunden hat.

Stille. Dann Gaillards verschlafene Stimme.

Madame Felder?

Ihr Sohn wurde vor dem Sicherheitszaun der SGG, deren Präsident Sie sind, südöstlich von Tabankort erschossen und im Sand verscharrt. Während wir miteinander sprechen, wird er von Geiern gefressen. Der Mann, der ihn ermordet hat, heißt Jean-François Kleber, ein Ex-Legionär und Angestellter der SGG. Ihr Angestellter. Jetzt arbeitet er für die Regierung von Mali und sichert das Gelände. Er hat Ihren Sohn erschossen, weil der dort herumschnüffelte. René fand heraus, daß Sie als Direktor der SGG die Versuchsbohrungen in Auftrag gegeben hatten, er erfuhr, daß ein ganzes Dorf niedergewalzt, die Bewohner ermordet wurden, um die Versuchsbohrungen durchführen zu können. Wissen Sie, wie die Einheimischen Uran nennen? Narrengold.

Er atmet hörbar ein. Stille.

Mit einem Knopfdruck werfe ich Gaillard aus meinem Leben. Ich gebe das Telefon zurück. Der Mann starrt mich mit offenem Mund an.

Sind Sie beim Geheimdienst? fragt er.

Nein, ich schreibe Kinderbücher, sage ich, und das ist nicht gelogen.

Paul hat alles gut gemacht. Der Garten blüht wie nie. Luxor hat mitten auf meinen indischen Bettüberwurf geschissen. Ich wasche ihn und lege das große Lehmbatiktuch aus Segou über das Bett. Luxor beschnüffelt es mißtrauisch. Sie beachtet mich den ganzen Tag nicht. Aber am Abend springt sie in meinen Schoß und ich schlafe im Lehnstuhl ein.

III.

Ein großer, sonnenverbrannter Mann mit einer schwarzen Baseballkappe geht die Treppe zur Post von Bamako hinauf. Er trägt eine völlig ausgebleichte, überall eingerissene Tasche. Am Postschalter gibt er zwei Briefe auf. Er schiebt sie mit seiner großen von Sommersprossen übersäten Hand, auf der blonde Haare wachsen, unter dem Gitter durch zum Postbeamten, der die Briefe wiegt und frankiert. Der Mann bezahlt und verläßt die Post. Eine alte Frau, die vor der Post sitzt und anscheinend Maggiwürfel verkauft, nickt einer jungen Frau mit wunderschönen mandelförmien Augen zu. Sie löst sich von der Wand, sie verstellt dem Mann den Weg und lächelt ihn an. Er lächelt zurück.

Bonjour, sagt er.

Bonjour, sagt sie und weicht keinen Zentimeter.

Kann ich etwas für Sie tun? fragt der Mann.

Nein, aber ich kann etwas für Sie tun, lächelt die junge Frau.

Er winkt ab.

Ich bin nicht in Stimmung, sagt er.

Sie öffnet einen kleinen Beutel und bläst blitzschnell ein weißes Pulver in sein Gesicht. Das Pulver. Eine Erinnerung steigt auf.

Das bringt Glück, lacht sie und geht.

Uns, sagt die ältere Frau und folgt der jungen Frau.

Der große, blonde Mann schüttelt den Kopf und wischt sich das Pulver aus dem Gesicht. Auf der dritten Stufe geben seine Knie nach. Er fällt mit dem Gesicht nach vorn. Sein schwerer Körper rollt die restlichen Treppenstufen hinunter und bleibt regungslos am Fuß der Treppe liegen. Menschen laufen zusammen. Der Postbeamte tritt aus der Tür.

Das ist Jean-François Kleber, sagt er wichtig. Ich habe gerade seine Briefe entgegengenommen.

Er ist tot. sagt eine Frau.

Der Postbeamte geht wieder hinter seinen Schalter, holt die beiden Briefe, löst die Marken ab und zerreißt die Briefe.

* * *

Ein halbes Jahr später. Fanta war hier. Im »kalten Land« wie sie es nannte.

Luxor verstand sich auf Anhieb mit Fanta. Jeden Morgen lief sie barfuß in den Garten und roch an den Rosen. Einmal kam sie sogar zum Stammtisch. Sie trank Emma unter den Tisch. Fanta erzählte, daß das Versuchsgelände bei Tabankort verlassen wurde. Kein Geld, keine Sponsoren.

Zum Abschied kochte ich Couscous. Paul brachte Bier. Carla kam mit ihren beiden Söhnen Tim und Jonas. Der Couscous war ihnen zu scharf. Sie heißt Fanta, kicherten sie, wie die Limonade. Fanta sang, da fing Jonas an, auf den Tisch zu trommeln und Tim spielte Mundharmonika. Wir saßen bis drei Uhr morgens im Garten. Gaillard hatte mir kommentarlos noch einmal zehntausend Mark geschickt, wahrscheinlich als Schweigegeld. Als ich Fanta das Geld gab, damit sie die Kinder ihrer Familie zur Schule schicken kann, sagte Jonas: Die armen Kinder.

Am Flughafen zog Fanta ein kleines Paket hervor. Vom Marabout.

Ich sollte es dir zum Abschied geben, sagte sie.

Es war ein Amulett in der Gestalt eines Gecko.

Ein Zeichen, sagte Paul, du sollst mit mir zusammenarbeiten, weil dein erster Auftrag so gut gelaufen ist.

Ich trat ihn.

He! rief er, paß auf meine Füße auf, ich hab Phantomschmerzen in meinem sechsten Zeh!

Weitere Bücher von Luisa Francia, im selben Verlag erschienen

Warten auf blaue Wunder

Der Grüne Zweig 151

»Du wirst noch deine blauen Wunder erleben, sagte meine Großmutter, und das war natürlich drohend gemeint. Aber ich hatte immer schon ein erotisches Verhältnis zu Sprache, zu Wörtern, und es gibt für mich keine größere Verheißung als Das Blaue Wunder. Auf dem Weg zum Blauen Wunder lernte ich schreiben, zuhören, lesen, zaubern, weinen, lachen...« *Luisa Francia*

Dieses Buch vereint die besten Reportagen, Portraits, Essays und Geschichten Luisa Francias.

ISBN 3-925817-51-4 · 92 Seiten, natürlich Hanfpapier · 20 DM

Ich machte mich auf die Findung, denn Sucherin bin ich keine

Der Grüne Zweig 130

Xpedition zum Untersberg, ein Bericht über eine Trancereise, die zum einzigen mitteleuropäischen Ahnenberg, dem Untersberg bei Salzburg führt. Fiebervisionen, alltägliche Ereignisse, Gewalt in der Dämmerung zwischen Phantasie und Realität und eine Suche nach dem roten Faden unserer Mythengeschichte verbinden sich zu einer Ballade der Findung ... Der Mut zum Wahnsinn in einer Trance, die sich aufs Spinnen verläßt, aber nie den roten Faden verliert, der zurückführt.

Für diese Ausgabe hat Luisa mehrere eigene Bilder beigesteuert.

ISBN 3-925817-30-1 · 72 Seiten, 4farbige Illustrationen · 17.50 DM

Nichts in New York

Wallfahrten, Zwischenwelten, Zeitreisen
Der Grüne Zweig 196

Gesammelte Reiseerzählungen. Es geht mit Achternbusch nach Tibet, zu Paul Bowles nach Tanger. Luisa umpilgert den Berg Kailash und kraxelt bis zur Quelle des Ganges. Sie beschreibt ihren lebensgefährlichen Unfall, wie auch eine Zeitreise durch Deutschland. Mit ihren offenen Augen und ihrem offenen Herzen findet sie die richtigen Worte, um uns ihre Erlebnisse so zu vermitteln, daß sie unter die Haut gehen. »Ich kann einfach nicht mehr. Ich bin an meiner äußersten körperlichen Grenze angekommen. Ich nehme den Abgrund nicht mehr wahr, den Fluß nicht. Die Berggipfel dröhnen in meinem Kopf: Was willst du hier? Warum bist du gekommen? Warum störst du uns? Gibt es einen guten Grund, warum du die alten Felsen mit deiner Unruhe belästigen mußt? Ja, es gibt einen, aber ich erinnere mich nicht. Es hatte etwas mit einem heiligen Fluß, mit der heiligsten aller Quellen zu tun, etwas mit einer Initiation. Ich wollte etwas Wichtiges, Heiliges, Nutzloses tun ...«

ISBN 3-925817-96-4 · 160 S., natürlich Hanfpapier · 23 DM

Xamuma

Tagebuchnotizen und Reportagen aus Afrika

Jahrelang reiste Luisa Francia mit Jeep und Buschtaxis durch Westafrika. Von einem sehr persönlichen Gesichtspunkt aus beschreibt sie in Tagebuchnotizen und Reportagen diese Reisen: den Alltag, die Probleme und ihre Erfahrungen mit Magie. Unterwegs hat sie die Kunst von Fetischpriesterinnen, Mamissis des Voodoo-Kults und von Orakelpriestern studiert. Die Neuauflage des »Afrikanischen Traums« wurde durch einige neue Reportagen ergänzt und erweitert. Die Texte umfassen eine Zeitspanne von 1984 bis 2000.

ISBN 3-922708-34-X - 160 Seiten - 20 DM

Edition Der Grüne Zweig
Werner Pieper & The Grüne Kraft
D-69488 Löhrbach
www.gruenekraft.com
Gegen Einsendung von 2 DM PortoAnteil gibt es den kostenlosen Gesamtkatalog